La soirée de la vérité

Livre de la même auteure
Le Secret du Betty Lagoon, Le Courrier du Livre.

ISBN : 978-2-7029-2803-5

Mise en page et illustration couverture : © Tanguy Bigot -
www.prismaurastudio.com

www.editions-tredaniel.com
info@guytredaniel.fr
www.facebook.com/editions.tredaniel
@tredaniel_eso
@le_courrier_du_livre

Stéphanie
ABELLAN

La soirée de la vérité

LE COURRIER
DU LIVRE

27, rue des Grands-Augustins
75006 Paris

Prologue

Manoir d'Oackland, 21 heures.

Tout le monde se tourna vers John, l'air hébété. Il répéta lentement pour que tous les convives comprennent bien :

Je crois que nous sommes coincés dans la propriété ! Ça me revient maintenant. Aux alentours de 21 heures, j'ai vu les portes se fermer depuis l'entrée du manoir tandis que je fumais ma cigarette. Il faisait nuit, mais j'ai remarqué une certaine agitation au loin. Quand le portail s'est fermé, j'ai pensé que tous les invités étaient arrivés et que les organisateurs avaient préféré bloquer l'accès pour des raisons de sécurité.

– Qu'est-ce que cela signifie ? demanda Jenny, blême.

John sentit un frisson lui parcourir l'échine. Il s'avança et répondit :

– Nous avons tous reçu une invitation différente pour une soirée fallacieuse. Celui qui a voulu nous réunir en ce lieu a une idée en tête… Reste à savoir laquelle.

CHAPITRE 1

Une heure plus tôt.

Le portail était majestueux. Gigantesque.

– Pompeux, presque, soupira Marco en levant la tête.

Les pics surmontant les battants du portail culminaient à plus de quatre mètres de hauteur. Marco, bien que lui-même d'imposante stature, en était stupéfait. Le carton d'invitation indiquait 20 heures, il avait donc quelques minutes d'avance, pour une fois. Aucun son, aucun bruit. Impossible de distinguer la moindre lumière à travers le rideau de fer qui entourait le lieu de réception : le manoir d'Oackland.

Ce lieu très prisé et secret appartenait à un châtelain écossais aisé, décédé dans des circonstances assez étranges. Il était très riche, mais très solitaire aussi. Il n'avait jamais eu d'enfant et sa fortune avait été léguée à l'État français. Le duc d'Oackland était un fervent admirateur de l'Hexagone. Il avait fini ses jours tristement, en se suicidant dans sa propriété, une trentaine d'années auparavant. Une société écossaise avait racheté la bâtisse aux centaines de pièces et permis sa restauration, sans oublier le somptueux jardin et les allées à entretenir. Elle était parfois réservée pour un mariage ou une cérémonie, mais bien souvent par des étrangers qui ne savaient rien du secret entourant le lieu.

Marco releva d'un coup la tête, l'éloignant de son téléphone. Un grincement sourd avait retenti et le portail s'ouvrait lentement. Il remarqua alors quelques personnes derrière lui. Il fit mine de ne pas les voir et continua à leur tourner le dos. Les murs qui entouraient le manoir étaient aussi hauts que le portail et comportaient, eux aussi, de dissuasives pointes en forme de fleur, qui retombaient de part et d'autre des parois.

Percevant l'empressement des invités qui le suivaient à découvrir l'endroit, Marco franchit le seuil. Devant lui, le tapis d'honneur rouge avait été déroulé : l'épaisseur et la propreté de celui-ci firent monter en lui le sentiment d'être vraiment privilégié. De chaque côté du tapis, huit domestiques entièrement vêtus de blanc les saluaient en leur indiquant le chemin.

Les yeux de Marco brillaient. Lui, l'enfant pauvre des cités, se trouvait là, dans ce lieu si luxueux. Il culpabilisait un peu, car l'invitation ne lui était pas adressée. C'était Cynthia, sa fiancée, qui aurait dû se rendre au manoir ; elle avait été conviée dans le cadre de son statut de bénévole au sein de l'orphelinat de sa ville. Mais elle s'était sentie très malade au cours de la journée et avait proposé à Marco de prendre sa place. Une soirée mondaine où l'on mangerait des mets sophistiqués ? Il avait sauté sur l'occasion.

Derrière lui, les autres avançaient timidement. Personne n'osait courir à l'intérieur, mais l'excitation était à son comble. Beaucoup de légendes entouraient le lieu ; on disait même qu'un spa privatif de plusieurs centaines de mètres carrés se trouvait dans l'une des pièces du manoir. Marco se mordit la lèvre. Tout ce luxe, il en rêvait. Lui, le raté, le fauché, le boulet qui s'accrochait aux autres pour survivre.

Lorsqu'il entra dans la salle de réception il entendit une petite musique d'ambiance ; le volume n'était ni trop fort ni trop bas. De la moquette couvrait le sol, de la même matière que le tapis : épaisse et molletonnée. Marco avait envie de se jeter par terre et de s'y rouler. Il réprima un sourire. Il allait bien se tenir, pour cette fois.

La pièce était étonnamment moderne. Il aurait cru entrer dans un lieu chargé et austère, mais la décoration était sublime. Il y avait beaucoup de dorures et de cristal. Une énorme table longeait le mur entier, couverte de mets fins et variés.

Rapidement, de petits groupes se formèrent ; les femmes endimanchées tenaient leurs pochettes scintillantes sous le bras, afin d'attraper une coupe de champagne. Marco espérait qu'il n'y aurait pas trop de bla-bla, car il était surtout venu pour fureter dans le manoir et bien manger. Un domestique passa près de lui. Marco attrapa une coupe au vol, manquant de faire virevolter le plateau, puis la descendit d'une traite en se léchant les lèvres.

CHAPITRE 2

Léa, quarante-huit heures avant le jour J.

Léa avançait tête baissée, elle connaissait par cœur cette petite supérette : il était 16 h 30, heure à laquelle le vieux monsieur prenait sa pause pour fumer sa pipe – qui empestait. Elle le salua avec un grand sourire et entra.

Elle savait qu'elle n'avait que quelques minutes pour opérer : elle se dirigea tout droit vers le rayon des pâtes. La dernière fois, elle avait choisi des chips et du Coca et avait crevé de faim toute la semaine.

En deux temps, trois mouvements, quatre sachets de tortellinis furent placés à la va-vite dans son sac d'étudiante troué. Elle jeta un œil par-dessus le rayonnage, le papi discutait avec un habitué. Elle hésita à continuer son marché, mais quelque chose l'en empêcha. Elle sentait un danger. Léa quitta rapidement le magasin en saluant le vieux monsieur, puis partit sans se retourner.

Elle marcha quelques minutes en direction du nord, tourna à gauche après la bibliothèque municipale, puis contourna le centre des impôts. Elle tomba face à la maison d'accueil et en poussa la porte en soufflant. Medhi, l'éducateur, la salua. Léa avança rapidement pour éviter qu'il lui pose des questions. Elle monta quatre à quatre les marches qui menaient à la chambre des filles, donna un coup de pied dans la porte et jeta son sac sur son petit lit de camp. Elle s'apprêtait à ouvrir le sac afin de cacher son butin lorsqu'une main se posa sur son épaule et la fit hurler de peur. Elle fit volte-face en criant.

– Mais qu'est-ce que tu fous là ?
Surpris, Medhi recula et fronça les sourcils.
– Léa, on a déjà discuté mille fois de ta façon de me parler. Tu dois me respecter, attention à ton vocabulaire !
– Désolée, mais tu m'as fait peur… Tu voulais quoi ?
Medhi lui tendit une enveloppe dorée cachetée.
– On a déposé ça pour toi, mais je ne sais pas de qui ça vient.

CHAPITRE 3

– Tout sera prêt d'ici jeudi ?
– Oui, tout a été pensé au millimètre près.
– Comment être sûr que ça fonctionnera ?
– L'être humain est prévisible, tout se passera comme prévu, faites-moi confiance.

Chapitre 4

Marco, quarante-huit heures avant le jour J.

Marco attrapa la couette et s'enroula dedans. Cynthia venait d'entrer dans la chambre en hurlant et en allumant le plafonnier. Il n'avait pas envie de se lever, que lui voulait-elle encore ?

– Tu vas zoner comme ça tous les jours ? Est-ce que tu es au moins allé à l'agence d'intérim cette semaine ?

Devant le silence du jeune homme, Cynthia tourna les talons, excédée. Elle ne le supportait plus. Elle l'aimait, mais elle se rendait bien compte que ça n'allait pas.

Marco sortit la tête de l'édredon et réfléchit. Il se demandait ce qu'une fille comme elle faisait avec lui. Il n'avait rien pour plaire. Par ailleurs, il ne comptait plus le nombre de fois où il l'avait trompée. Pourquoi ? Il n'en avait aucune idée. Peut-être cela lui permettait-il de briller le temps d'un instant dans les yeux de quelqu'un. Il se mit debout et décida de faire un effort. Cynthia étudiait à la faculté de médecine la semaine et enchaînait avec un boulot de vendeuse en boulangerie le week-end, sans compter ses heures de bénévolat à l'orphelinat ; il était 14 heures et elle avait déjà bien entamé sa journée. Marco allait se doucher et lui proposer une balade. Ces derniers temps, il passait plus de temps sur sa console qu'avec sa bien-aimée.

– Je me prépare et on va se balader au parc Monceau ? lança-t-il en l'enlaçant.
– Je préférerais aller au City Shop pour essayer de me trouver une jolie robe… La soirée caritative au manoir a lieu dans moins de deux jours.
– Tu ne veux pas que j'y aille avec toi ? demanda-t-il, l'air vexé.
– Je suis désolée, mais ce sont des invitations personnalisées, il n'y a pas de *plus one*.
– Tu sais ce qu'on dit sur ce manoir…
– Oh mais arrête avec tes légendes urbaines ! Ce sont des racontars.
– Si j'étais toi, j'irais visiter toutes les pièces interdites au public. Apparemment, le propriétaire était plein aux as et cachait une belle petite fortune.
– Si seulement l'argent pouvait être redistribué aux enfants…
– Moi, je le trouve flippant, ce manoir ! Bon, je me douche et on y va.

Chapitre 5

– Les premiers invités passeront la porte à 20 heures pétantes. Dès que la dernière personne aura franchi le portail, veille à ce que tout soit bouclé. Vérifie la fermeture automatique et éteins le boîtier électrique de secours.
– Il n'y a bien que cette entrée, de toute façon ?
– Oui, on ne peut pénétrer dans le manoir que par cet immense portail. Les murs le protègent sur des dizaines de mètres et encerclent le jardin botanique, ainsi que les allées. La seule issue serait à l'arrière du bâtiment.
– Par la mer ?
– Oui, par la mer. Un petit ponton donne directement dans la Méditerranée, mais il n'y a aucune embarcation.
– Et s'ils voulaient nager ?
– Nager ? Les courants sont forts, ils seraient noyés bien avant d'atteindre la terre ferme. Par ailleurs, il n'y a aucun moyen de s'agripper aux murailles de la propriété. Les remparts du manoir mesurent quatre mètres de hauteur, sans aucun point d'accroche.
– Donc quiconque franchira le seuil du domaine ce jeudi 17 décembre sera complètement cerné.
– Tu as tout compris.

Chapitre 6

Il devait être aux alentours de 21 heures, et John avait déjà bu plusieurs verres. Cela lui donnait de la contenance. Avec un peu de chance, il trouverait le courage d'aborder la belle brune qui était seule au bar de la réception depuis son arrivée. Il jeta un coup d'œil vers elle. Celle-ci esquiva la confrontation visuelle et détourna la tête.

L'attention de John fut alors attirée vers les jardins : le grand portail était en train de se refermer. Il regarda autour de lui. L'endroit était désert ! Moins d'une vingtaine de personnes se trouvaient là. Il s'attendait à une soirée plus fréquentée. Il se rappela qu'on était un jeudi, peut-être les invités avaient-ils préféré rester chez eux en cette journée glaciale. La pluie commençait à tomber sur le manoir, et l'immense cheminée centrale de la salle de réception n'était pas de trop.

Il fit tourner son verre entre ses doigts et entreprit de trouver le serveur qui remplissait les coupes de champagne.

CHAPITRE 7

John, quarante-huit heures avant le jour J.

John esquissa un grand sourire.

– Mais non, madame Reniaud, ne vous inquiétez pas ! Cette assurance couvre tous les dommages potentiels, quels qu'ils soient : fabrication, panne, rayure. Vous êtes tranquille pendant cinq ans.

La petite dame sourit et prit la main de l'homme entre les siennes, reconnaissante.

– Merci, vous êtes si adorable, monsieur Whizt ! Vous m'avez tellement bien conseillée pour la recherche de cette voiture. Il est plaisant de constater qu'il existe encore de jeunes personnes comme vous, de nos jours.

John posa sa main sur l'épaule de la femme et la fit pivoter en direction de la porte. Il l'invita à sortir du bureau avec son plus beau sourire commercial, en la saluant chaleureusement.

– Je rêve ou tu as vendu un pack Confort au prix d'un pack Deluxe ? balança son collègue de bureau.
– Oui, mais elle n'a rien capté, la vieille.
– Et si elle vient te trouver dans six mois pour une rayure ?
– On lui dira qu'elle a mal compris et qu'il est bien stipulé sur le contrat que c'est un pack Confort.
– Toi, alors ! s'exclama Marc en faisant tourner son fauteuil de bureau.
– Bon. On en est où, niveau objectifs ?
– Eh bien, tu excelles ! Tu es numéro un aux niveaux régional et national, et il te manque treize mille euros de chiffre d'affaires pour exploser le record de la décennie. N'oublie pas que si tu réussis, c'est toi qui auras l'honneur de te rendre à la soirée de jeudi.
– C'est gagné d'avance, mon smoking est déjà prêt. Où est mon invit' ?

Marc agita le carton couleur crème à l'écriture calligraphiée raffinée qu'il tenait à la main.

On pouvait y lire ceci :

Grande soirée de remise de prix :
meilleur commercial secteur automobile 2018-2019
Jeudi 17 décembre
Lieu de réception : manoir d'Oackland
Rendez-vous à 20 heures
Tenue de soirée exigée

Il plissa les yeux et esquissa un sourire. Sa victoire était déjà toute tracée. Jeudi soir, ce serait lui qui franchirait les portes de cette demeure.

Chapitre 8

21 heures précises.

– Confirmation : portes fermées.
– Avez-vous vérifié le boîtier de secours ? Il a bien été débranché ?
– Oui. Boîtier débranché, et j'ai enlevé tous les éléments qui auraient pu servir d'échelle pour escalader les murs. Le manoir est impénétrable, personne ne peut plus ni y entrer ni en sortir.

Chapitre 9

Manoir d'Oackland, 21 h 14.

Jenny dévalisait les petits fours au caviar et faisait descendre le tout à coups de gorgées de Dom Pérignon. La cuvée devait être phénoménale, car elle se sentait déjà un peu saoule. Elle fixait les gens qui l'entouraient, dans l'espoir de reconnaître un visage.
Soudain, une silhouette élancée et bien proportionnée entra dans la salle, attirant tous les regards sur elle.
Jenny faillit s'étouffer avec un toast : c'était Sophie Ciantinni, la mannequin. Qu'est-ce qu'elle foutait là ? Pourquoi était-elle invitée ? Jenny la foudroya du regard, mais Sophie ne la remarqua pas, trop occupée à se diriger d'un pas rapide vers le bar, qui se trouvait à gauche de la cheminée centrale.

La petite musique de fond était entrecoupée par le crépitement des flammes et le chuchotement général. Sophie rejeta ses longs cheveux noirs – qu'elle avait ondulés pour l'occasion – derrière ses épaules et choisit un Cosmopolitan. *Évidemment, il faut qu'elle fasse l'intéressante et ne prenne pas le même cocktail que tout le monde*, pensa Jenny. Elle remonta discrètement son pantalon de tailleur noir, qui la serrait à la ceinture. Elle observa ses cuisses et culpabilisa d'avoir déjà mangé autant. Elle continua à inspecter Sophie : celle-ci s'était assise au bar et jetait des regards à la ronde. Ce devait être génial d'être aussi belle… Tous ces gens qui la dévisageaient, ébahis. Elle avait des yeux bleu outremer et la peau dorée. Jenny détourna la tête et décida de cesser de se focaliser sur la top model. Elle n'était pas près d'oublier quelle peste elle pouvait être. La jeune femme prit son courage à deux mains et s'incrusta dans un petit groupe qui échangeait sur les légendes urbaines entourant le manoir.

CHAPITRE 10

Jenny, soixante-douze heures avant le jour J.

– Maëllia ?
– Non, trop pâle.
– Jouhanna ?
– Non, trop typée.

Jenny balança les portfolios sur la table, furieuse.

– Bon, là par contre, il va falloir se décider ! Le shooting doit être terminé avant jeudi. Je dois encore retoucher les photos et trouver un pantalon dans lequel rentrer mes grosses fesses.
– Calme-toi, répondit Liliane, la rédactrice en chef. Qu'est-ce qui se passe ? Tu as l'air très énervée, ces temps-ci.
– Je suis fatiguée et j'en ai marre de me plier en quatre pour les autres. Marre des heures sup, marre des mannequins qui me prennent de haut, marre de tout. Merde ! Et c'est la cinquième fille qui me plante cette semaine, parce qu'elle est soi-disant « malade ».

Liliane scruta Jenny, ébahie. C'était la première fois qu'elle voyait sa photographe dans cet état. Il est vrai qu'on était en décembre et que les derniers shootings devaient être bookés avant Noël, car tout le monde avait prévu de passer les fêtes en famille sans penser au boulot. Il y avait donc plus de pression que d'habitude et une charge de travail accrue. Mais là, Jenny était en train de péter les plombs.

– Écoute, arrête de manger. Pose ces beignets et prends quelques jours off, OK ? Je peux me débrouiller avec Franck pour la campagne des anoraks. Reviens jeudi pour le shooting du Nouvel An. Ce sera très bien.
– Jeudi, je ne peux pas… Je t'en avais parlé, mais tu ne devais pas m'écouter, encore une fois, ronchonna Jenny. J'ai été conviée à une exposition. Les plus belles photos de l'année 2019 seront mises à l'honneur, et l'une des miennes a été sélectionnée.
– Ah bon !? Laquelle ?
– Je ne le saurai que le jour J, justement. J'ai hâte d'y être.
– Mais qui organise cet événement ?
– Le comité de sélection international du Festival hongrois de la photographie. Apparemment, ils le programment chaque année dans un pays différent.
– Je n'avais jamais entendu parler de ce festival.
– Moi non plus. Ce sera l'occasion de le découvrir, et on pourra même en faire une brève dans le numéro de janvier, en publiant ma photo, répondit Jenny, retrouvant un peu le sourire, les yeux brillants.
– Où a-t-il lieu ? demanda Liliane.
– Au manoir d'Oackland.

Chapitre 11

– Comment les invités ont-ils été choisis ?
– Le processus a été long. J'ai veillé personnellement à effectuer toutes les recherches à leur sujet.
– Certains d'entre eux se connaissent-ils ?
– Affirmatif.

CHAPITRE 12

Manoir d'Oackland, 21 h 17.

La discussion enflammée fascinait Nyls, au point qu'il ne remarqua la petite femme un peu boulotte à côté de lui que lorsqu'elle lui demanda, les yeux ronds, s'il était sûr de ce qu'il affirmait. Nyls adorait qu'on l'écoute. Il reprit alors son discours et en rajouta :

– Oui, oui ! C'est ma mère qui me l'a confirmé. Elle était très amie avec la vieille dame qui s'occupait du linge, du temps du duc d'Oackland. La police a envisagé toutes les thèses, mais celle du suicide reste la plus probable. Le mystère entourant sa mort n'a jamais été élucidé. Il avait 34 ans et était en bonne santé. Très sportif, il bravait la mer chaque matin, au lever du jour, et nageait très exactement trois kilomètres. Depuis le ponton situé à l'arrière du manoir, on peut rejoindre une bouée qui se trouve à un kilomètre et demi. Il allait jusqu'à celle-ci et rentrait.

La jeune femme ainsi que le reste du groupe l'écoutaient attentivement. Il reprit de plus belle :

– Sauf cette fois-là. Le 23 décembre 1978, Oackland est parti en mer et n'est jamais revenu. Du moins, pas vivant. On a retrouvé son cadavre des jours plus tard.
– Où était-il ? questionna Jenny, fascinée.
– Son corps était totalement amoché, méconnaissable, estropié : le courant l'avait projeté contre le pourtour en béton du domaine.
– Alors, pourquoi ont-ils conclu au suicide ? demanda l'homme le plus âgé, en levant un sourcil.

Nyls n'aimait ni son air satisfait et supérieur, ni son style. Il était trop bien habillé pour l'occasion. Son costard devait valoir plusieurs milliers d'euros et sa petite moustache entortillée lui conférait un air atypique. Nyls répondit :

– Car il n'y avait ni arme du crime ni mobile. Le mystère reste entier. À mon avis, Oackland aurait tout aussi bien pu avoir été victime d'une crampe ou d'un malaise.
– Pourquoi ses employés ne se sont-ils pas inquiétés plus tôt ?
– Ils étaient tous en congé pour les fêtes de fin d'année. Ils avaient quitté les lieux la veille au soir.
– Drôle de coïncidence, renchérit une jeune fille à lunettes.
– Bon, parlons d'autre chose ! s'exclama Jenny. Toutes ces histoires me font froid dans le dos. Vous bossez pour quel magazine ?
– Pour quel magazine ? répéta Nyls.
– Oui, vous êtes en partenariat avec quel magazine ? Moi, je travaille en free-lance pour *La Gazette Ragazza*, et je suis nominée dans la catégorie « Meilleure photographe *outdoor* ». Et vous ?

Tout le monde dévisageait Jenny avec pitié.

– J'ai dit quelque chose qu'il ne fallait pas ? s'enquit-elle.
– Euh… Non… C'est-à-dire que… Ce n'est pas une cérémonie de remise de prix de photographie, c'est une soirée dédiée à l'ultime sélection des meilleurs hackers Internet en France, expliqua Nyls, très fier.
– Mais pas du tout ! répondit une jeune fille qui portait des lunettes, visiblement agacée. Nous sommes à la dixième édition du Festival de découverte des musiciens de demain. Regardez, j'ai même apporté mon violoncelle.

Elle pointa du doigt une forme pulpeuse rangée dans un étui appuyé le long du mur.

– Écoutez, reprit le dandy à moustache. Il doit y avoir un quiproquo. Je ne suis là pour aucun de vos projets. J'ai été convié à un gala de bienfaisance. Je ne comprends rien à tout ce charabia. Il sortit de sa poche une carte crème, sur laquelle une écriture calligraphiée mentionnait : « Quatorzième Gala de bienfaisance du duc et de la duchesse d'Harold ».

La stupéfaction générale atteignit son paroxysme lorsque chacun présenta son propre carton d'invitation et qu'il fut constaté qu'aucun n'était identique.

Chapitre 13

– Quels liens les invités entretiennent-ils les uns avec les autres ?
– Comme dans un microcosme, ils interagiront et s'adapteront, tel un organisme vivant, au groupe qui sera formé. Durant les premières heures, nous observerons les fausses identités se mettre en scène, puis les vraies personnalités émergeront enfin, lorsque les stimulus émotionnels seront activés…
– Qu'entendez-vous par « stimulus » ? La peur ?
– Oui, c'est cela. La peur.

CHAPITRE 14

Sophie. Soixante-douze heures avant le jour J.

Sophie releva ses lunettes noires et monta dans le taxi sans adresser un mot au chauffeur. Elle lui tendit le morceau de papier sur lequel elle avait gribouillé une adresse.
Sa tête tournait encore après la soirée de la veille. Elle avait terminé la *pool party* chez deux inconnus, et consommé plus de drogue que d'habitude. Même la couche de maquillage qu'elle avait tartinée sur son visage ne suffisait pas à masquer les abus de ces derniers mois. La jeune femme s'était réveillée dans le même pieu que ces deux mecs, avec un souvenir très vague de ce qu'il s'était passé.

Le casting du jour était primordial. Si elle était prise, cela assurerait sa présence médiatique pour l'été 2020, et vu le nombre de contrats qu'elle avait signés en 2019, elle n'avait pas d'autre choix que de réussir. De plus, c'était pour la maison de couture Giuanti. Elle en rêvait tellement ! Elle ne pouvait pas rater cette occasion.

Elle sortit du taxi, jeta un billet de cinquante euros au conducteur et s'éloigna en laissant la porte ouverte. Elle titubait tandis qu'elle se dirigeait à l'intérieur de l'immense bâtiment en verre. Elle replaça ses lunettes et chercha l'ascenseur. Elle avançait doucement, de peur de tomber du haut de ses talons vertigineux. Les portes de l'ascenseur étaient en train de se refermer, quand un jeune homme aux cheveux noirs se faufila et lui adressa un sourire.

Oh, non! Pas lui, soupira-t-elle intérieurement en l'ignorant. C'était un des types avec qui elle avait terminé au lit la nuit précédente. Elle s'était éclipsée sans dire au revoir et sans laisser de numéro. Elle baissa la tête sur son téléphone. Le laps de temps durant lequel l'ascenseur parcourut les cinquante-deux étages lui parut interminable. Quand les portes s'ouvrirent enfin, elle fut soulagée de voir le jeune homme détaler.

Sophie regarda sa montre: 8 h 20. Il lui restait encore dix minutes pour aller aux toilettes. Il fallait absolument qu'elle fasse pipi; cela lui permettrait de dégonfler son ventre, de se sentir moins ballonnée. Elle hésita à se faire vomir, mais il y avait trop de monde, c'était risqué.

Elle passa devant deux grandes portes battantes où il était inscrit: «Casting Giuanti – Summer modèle 2020». Elle se hâta de faire un aller-retour au petit coin et entra dans la salle. Elle arrivait la dernière; toutes les autres filles étaient déjà là et s'étaient regroupées – à l'écart des modèles hommes. Les trois membres du jury se tenaient debout face à elle.

– Entrez. Dépêchez-vous, mademoiselle ! s'impatienta le vieil homme au costard noir scintillant. Asseyez-vous et commençons.

Elle reconnut Giuanti lui-même, le fondateur de la maison de couture. Elle décrocha de son bla-bla introductif, jusqu'au moment où il prit une voix émue et indiqua que, désormais, son petit-neveu le remplacerait au sein du jury des sélections. Sophie se leva d'un bond quand elle reconnut la voix du jeune homme brun, l'inconnu de la veille, qu'elle n'avait même pas daigné saluer dans l'ascenseur.

Chapitre 15

Manoir d'Oackland, 21 h 30.

Le brouhaha que générait le petit groupe, chacun brandissant son invitation, commença à attirer l'attention des autres convives. John, lui, ne se soucia pas de la raison de cet attroupement et s'esquiva par la porte de service.

Il atterrit dans le couloir de derrière, qui desservait le rez-de-chaussée du manoir. Il s'aperçut qu'il y avait en réalité quatre couloirs : chacun était relié à une aile du bâtiment et ouvrait sur plusieurs portes. Ce lieu était intrigant. Au centre, un escalier de marbre s'imposait de toute sa majesté. Les marches s'étalaient sur un peu plus de quatre mètres de largeur et menaient au premier étage. John hésita à y monter, mais il préféra continuer à chercher les cuisines, pour y débusquer les stocks de champagne.

Aucune indication n'apparaissait clairement. Les portes en bois étaient sobres, dénuées de tout indice. Le jeune homme essaya d'en ouvrir une première : rien. La pièce était vide. Il continua ses recherches et ouvrit toutes les suivantes.

Certaines salles étaient inaccessibles, d'autres comme abandonnées.

Il décida de rejoindre la salle de réception et fut surpris de remarquer que le ton était monté entre certains convives. Il s'approcha du groupe le plus agité. Deux hommes se tenaient par le col. Le commercial s'interposa et s'écria :

– Mais ça va pas, non !? Qu'est-ce qui se passe ici ? Vous sortez d'où, pour vous comporter ainsi ? Ce n'est pas avec cette attitude que vous remporterez un prix ce soir.

Les garçons se calmèrent, et l'un d'eux tendit à John un morceau de carton déchiré sur lequel était écrit : « Festival des influenceurs 2019 ». John s'en saisit et remarqua les invitations que brandissaient les personnes autour de lui : aucune n'était identique.

Il recula d'un pas et questionna du regard les deux individus qui étaient prêts à se battre quelques instants plus tôt.

– Voilà le problème, lança l'un d'eux. Cet abruti affirme que cette invitation est un *fake* et qu'il n'y a pas de catégorie « Influenceurs » pour la remise des prix. Je fais ce métier depuis cinq ans déjà, et j'ai 150 000 abonnés ! Bien sûr que j'ai ma place ici !

John fronça un sourcil et étudia toutes les petites cartes qui se présentaient devant lui. Soudain, son visage changea de couleur et il déclara :

– Nous sommes enfermés. Je me souviens du portail… du personnel qui grouillait… Nous sommes enfermés !

Tout le monde se tourna vers John, l'air hébété. Il répéta lentement pour que tous les convives comprennent bien :

Je crois que nous sommes coincés dans la propriété ! Ça me revient maintenant. Aux alentours de 21 heures, j'ai vu les portes se fermer depuis l'entrée du manoir tandis que je fumais ma cigarette. Il faisait nuit, mais j'ai remarqué une certaine agitation au loin. Quand le portail s'est fermé, j'ai pensé que tous les invités étaient arrivés et que les organisateurs avaient préféré bloquer l'accès pour des raisons de sécurité.

– Nous sommes coincés dans la propriété. Ça me revient maintenant. Il était 21 heures précises lorsque la grande horloge a sonné. J'ai vu les portes se fermer depuis l'entrée du manoir tandis que je fumais ma cigarette. Il faisait nuit, mais j'ai remarqué une certaine agitation au loin. Quand le portail s'est fermé, j'ai pensé que tous les invités étaient arrivés et que les organisateurs avaient préféré bloquer l'accès pour des raisons de sécurité.

– Qu'est-ce que cela signifie ? demanda Jenny, blême.

John sentit un frisson lui parcourir l'échine. Il s'avança et répondit :

– Nous avons tous reçu une invitation différente pour une soirée fallacieuse. Celui qui a voulu nous réunir en ces lieux a une idée en tête… Reste à savoir laquelle, dit-il en reculant et en s'adressant à toute la salle. Je crois que ce n'est pas un problème de fausse invitation, car aucune n'a de toute façon été vérifiée à notre arrivée, et nous sommes peu nombreux. Cela signifie que les personnes à l'entrée savaient qui était autorisé à entrer ou non.

Les regards qui, jusque-là, se croisaient en silence, se reportèrent tous vers le grand jardin et ses allées. Depuis l'immense fenêtre vitrée, et malgré la pluie tombant en abondance, les invités pouvaient apercevoir l'immense rideau de fer verrouillé.

– Le vrai problème, reprit John, c'est qu'à l'heure actuelle, je ne trouve plus un seul membre du personnel de maison. J'ai fouillé tout le rez-de-chaussée et n'ai croisé personne. Il n'y a pas de représentant officiel du festival, de la remise de prix ou du grand gala auquel nous étions censés assister. Il semblerait que nous soyons désormais seuls ici, et j'aimerais bien comprendre pourquoi.

Chapitre 16

– Ce serait donc lui, notre forte tête ?
– Non, celui-là a besoin d'être un héros. Il est en quête de reconnaissance. C'est sûrement celui qui serait le plus à même de mettre en danger ses petits camarades, juste pour ne pas perdre la face. La personne dont il faudra nous méfier sera celle qui parlera le moins, mais observera le plus.

CHAPITRE 17

Manoir d'Oackland, 21 h 45.

La lourde porte grinça et une forme trempée se précipita à l'intérieur. L'homme au look rétro avait utilisé la veste de son smoking pour se protéger de la pluie diluvienne, mais avec la fureur des éléments, seule sa moustache était encore intacte.

Il fut accueilli par une partie des invités, qui l'épongèrent à l'aide des serviettes jetables disposées sur les tables de la salle de réception.

– Alors ?! demanda Jenny.
– Je confirme ce qu'a dit John. Le portail est fermé, il n'y a pas de poignée. Le tapis rouge a également été retiré, et je n'ai pas aperçu âme qui vive dans les jardins. Tout cela n'a aucun sens !

Jenny fixait l'homme, les yeux ronds. Elle s'assit, l'air déconcerté. Derrière elle, toujours accoudée au bar, Sophie terminait son Cosmopolitan ; elle ne s'était mêlée à personne, trop occupée à planer à cause de l'alcool ingéré avant de venir. Elle alluma son téléphone, lasse, et décida de se casser de cette soirée pourrie où, visiblement, ne se trouvait aucun chasseur de têtes issu du milieu de la mode. Elle composa le numéro de sa société de taxis habituelle. Une tonalité bip-bip retentit.

– Pas de réseau ! Merde, fait chier !

Elle balança l'appareil au fond de son sac et s'approcha d'un jeune homme affairé à grignoter devant le buffet.

– Eh ! Tu aurais du réseau ? Je dois passer un coup de fil, j'en ai pour deux minutes.
– Les portables ne fonctionnent pas, poupée. Reste tranquille et mange quelque chose. Tu empestes l'alcool à des kilomètres à la ronde.
– Pardon ? s'insurgea-t-elle en relevant un sourcil. Ne m'appelle pas « poupée ». Les mecs comme toi, je ne leur donne même pas l'heure. Pour qui tu te prends ?

Sophie, emportée par la colère face aux propos du jeune homme, avait hurlé et désignait désormais d'un doigt tendu le visage de Marco qui, impassible, continuait à mastiquer son toast au saumon.

Nyls approcha, accompagné de Gunther, le dandy à moustache. Il attrapa le bras de Sophie et tenta de calmer les esprits.

– Vous ne croyez pas que nous aurions mieux à faire, sérieusement ?

– Il m'a prise de haut et n'a pas voulu me prêter son téléphone ! répondit Sophie en minaudant.
– Les téléphones ne captent pas, se défendit Marco, toujours avec un air serein.
– Je n'ai même pas pensé à vérifier ça, réagit Nyls en sortant de sa poche son smartphone dernier cri.

Il tapota sur le clavier à une vitesse sidérante et fronça les sourcils.
– Ce n'est pas un problème de réseau… reprit-il.
– C'est-à-dire ? questionna Gunther, l'air inquiet.
– Nos téléphones n'émettent plus. Cela signifie qu'ils ont été coupés de l'extérieur.
– Mais qu'est-ce que c'est que ce délire ? intervint Annah, la musicienne, agrippée à son violoncelle.

Marco éclata de rire face à l'atmosphère lourde et à l'anxiété collective.

– Et toi, ça te fait marrer ? s'emporta Sophie en le fusillant d'un regard noir.
– Vous ne comprenez pas…
– Justement, reprit John, qui était resté en retrait jusque-là. On aimerait comprendre. Il faut absolument qu'on sorte d'ici !
– Réfléchissez cinq minutes, bon sang ! répondit le brun ténébreux. Vous n'êtes pas près de rentrer chez vous. Si une personne a fait en sorte que nous soyons tous enfermés, sans pouvoir utiliser nos téléphones, croyez-moi, il y a peu de chances que nous soyons en mesure de nous échapper aussi facilement.

Il attrapa sa coupe de champagne vide, la remplit de liquide pétillant et ajouta :

– Celui qui a décidé de nous maintenir dans ce manoir attend de nous quelque chose. Servez-vous à manger et calmez vos ardeurs. Nous n'allons pas tarder à en savoir plus, j'en suis sûr…

Chapitre 18

– Celui-là est donc la tortue ?

– Exactement. Là où les lièvres se précipitent et passent à côté des détails importants qui pourraient nous trahir, la tortue, elle, est calme. Elle observe. Avec lenteur, elle prend en considération le tableau dans sa globalité. C'est d'elle qu'il faut se méfier.

– Si Marco est la tortue, qui sont les autres ?

– Nous allons découvrir chaque masque et chaque vrai visage au fur et à mesure. Mais avant cela, lançons les festivités. Il est l'heure.

CHAPITRE 19

Manoir d'Oackland, 22 heures.

Dans l'effervescence de la soirée, hormis John, aucun des convives n'avait entendu sonner l'imposante horloge du hall d'entrée à 21 heures. Pourtant, lorsque celle-ci se mit à résonner de nouveau à 22 heures, cette fois dans le silence général, tout le monde se raidit.

Des jeux de lumières irradièrent et un grésillement se fit entendre.

Chers tous !

Tout le monde leva la tête. Le son provenait des hauteurs de la pièce, mais aucune enceinte n'était visible.

Nous sommes ravis de vous avoir tous réunis ici pour cette superbe soirée, dans ce lieu mythique qu'est le manoir d'Oackland. Nous vous avons sélectionnés minutieusement, car chacun d'entre vous nous intéresse. Nous avons envie de vous découvrir et nous pensons aussi que vous pourriez tous devenir très amis. Nous sommes joueurs, mais également fair-play. Ainsi, nous vous conseillons de rester vous-mêmes et de ne pas chercher à nous berner. L'humilité et l'authenticité étaient des valeurs très importantes pour notre cher feu duc d'Oackland. Continuez à profiter de votre soirée, et n'oubliez pas… Nous ne sommes jamais très loin.

Le silence retomba dans la salle. Seul le crépitement de la cheminée se faisait entendre. Ce fut John, le commercial automobile, qui brisa l'atmosphère pesante et demanda :

– Quelqu'un a une idée de ce qui se passe ici ?
– Non, répondit Annah en baissant la tête. Je me dis surtout que si je n'avais pas plagié la partition de la tête d'affiche de mon conservatoire pour ce concours, je ne serais pas là…

Gunther posa une main sur l'épaule de la musicienne :

– Hey, ce n'est pas grave, on fait tous des erreurs… Nous allons sortir d'ici. Je n'ai pas l'impression que nous soyons en danger. C'est probablement juste un dérangé qui s'ennuie dans sa vie, la réconforta-t-il en prenant la tête de la jeune femme entre ses mains.

Annah pleurait en silence. Du haut de ses 18 ans, c'en était trop pour elle. Elle voulait tellement réussir dans le monde impitoyable de la musique qu'elle avait été prête à tout : voler le travail d'une camarade et faire six heures de route pour se rendre à une foutue soirée qui tournait maintenant au drame. Quand elle avait reçu cette invitation, elle n'en avait pas cru ses yeux. Elle avait sauté de joie, avant de se raviser : et si quelqu'un apprenait qu'elle avait simplement pompé la partition de Mélissa, la parfaite, la talentueuse Mélissa ? Fille du professeur de chant du conservatoire, non seulement celle-ci maîtrisait à la perfection la plupart des instruments, mais elle créait également des morceaux magnifiques. La culpabilité s'était installée en toile de fond, tandis qu'Annah avait pris la décision de tenter sa chance à ce concours.

S'extirpant de ses pensées, elle se leva d'un bond et, du revers de la main, essuya les larmes sur ses joues. Elle chercha autour d'elle un visage familier et apaisant. Elle esquiva la top model, qui finissait un énième cocktail en regardant de travers quiconque s'approchait, et tomba sur la petite blonde aux kilos en trop.

Elle s'avança vers elle et lui demanda si elle accepterait de l'accompagner aux toilettes. Jenny acquiesça et elles sortirent de la grande salle.

Il était 22 h 17. L'ensemble des invités était sous tension.

Chapitre 20

– Au départ, il y a l'effet de surprise, l'affolement. Ils vont tous s'agiter tel un essaim d'abeilles. Ensuite, ils reprendront leurs esprits et tenteront de nous défier. Nous ne devons en aucun cas les laisser penser qu'ils mènent la danse.
– Comment faire pour garder la main ?
– L'intimidation. L'intimidation sera notre meilleure carte à jouer.

Chapitre 21

Manoir d'Oackland, 22 h 30.

Jenny accourut en hurlant, affolée, une main tirant sur son pantalon trop serré au-dessus de sa taille, comme si elle avait besoin de respirer.

– Annah ! Annah !
– Que se passe-t-il ?! bondit Nyls en se précipitant auprès de la petite blonde.
– Nous sommes parties… aux toilettes ! répondit-elle en essayant de reprendre son souffle. Et maintenant, elle est introuvable !
– L'as-tu quittée des yeux ?
– Ben… oui… au moment où elle est entrée dans les W.-C. Mais sinon nous étions ensemble tout le temps.
– OK, alors calme-toi. Explique-nous précisément ce qui s'est produit.

Jenny s'installa sur un des fauteuils en velours disposés près de la cheminée. Elle tendit le bras pour se saisir du verre d'eau qu'on lui proposait et commença son récit.

Chapitre 22

– Vous êtes un imbécile ! Ce genre d'erreur peut nous coûter très cher.
– Nous avons été pris de court. Vous m'en voyez désolé, mais c'était la seule solution…
– Il en va non seulement de notre argent, mais également de notre réputation.
– Ne vous inquiétez pas, ça ne se reproduira pas, nous avons réglé ce problème définitivement.
– Nous allons faire monter leurs émotions d'un cran. S'ils sont trop détendus, ils iront farfouiller ; s'ils ont peur, leurs esprits seront occupés à élaborer des scénarios catastrophes, à imaginer le pire.
– Souhaitez-vous lancer le premier magnéto ?
– Oui, allons-y.

Chapitre 23

Manoir d'Oackland, 22 h 33.

– Quand nous sommes sorties de la grande salle, il était à peu près 22 h 10. Annah cherchait les toilettes. Elle avait une envie pressante et souhaitait se rafraîchir le visage, car elle était en larmes. Elle m'a demandé de l'accompagner. J'avais très peur, mais besoin d'y aller moi aussi, donc je l'ai suivie. Nous avons croisé John, qui se baladait dans les couloirs et tentait d'ouvrir les portes, sans succès. Il nous a expliqué que cette fichue soirée était censée être une remise de prix du « Meilleur commercial de l'année ». Nous avons même plaisanté sur le fait qu'on espérait qu'il soit meilleur commercial que serrurier.

Dans l'assemblée, John hocha la tête d'un air satisfait. Nyls, le hacker, se tourna vers lui et l'interrogea :

– Tu confirmes cette version ?
– Oui, tout à fait. Les filles se dirigeaient vers l'aile ouest. De mon côté, je terminais de tester chaque porte de l'aile est quand on s'est croisés.
– Qu'as-tu fait ensuite ?

– Je suis parti vers l'aile sud, la dernière que je n'avais pas visitée.
– Quid de l'étage ?
– Je ne l'ai pas encore exploré.
– Continue, reprit Nyls en encourageant Jenny à parler.

Cette dernière déglutit et reprit son récit :

– Les toilettes n'étaient pas indiquées, donc nous avons nous aussi tenté d'ouvrir plusieurs portes.
– Rien à signaler ?
– Non. Nous avons juste croisé le jeune garçon rasé de près, qui porte un tee-shirt « *I Love Guatemala* ». Celui qui venait pour le congrès sur l'écologie.
– Que faisait-il ?
– Rien de spécial, il regardait un peu partout, comme nous.
– Et puis ?
– Nous avons longé le couloir, et une porte ouverte laissait entrevoir un lavabo en marbre ainsi qu'un immense miroir. Nous avions trouvé les W.-C.
– Y avait-il quelqu'un à l'intérieur quand vous êtes entrées ?
– Pas du tout. La pièce principale était vide. Sur la droite se trouvait l'espace accueillant les trois cabinets. Les portes étaient pleines, impossible de voir par en dessous.
– À quel moment a-t-elle disparu ?
– Elle s'est débarbouillé le visage rapidement puis a utilisé les toilettes en premier, et voulait que je garde la porte. Je me pissais littéralement dessus, mais vu son état de stress, je n'ai pas insisté. Dès qu'elle est sortie, j'ai foncé à mon tour. J'ai entendu couler l'eau du robinet, et quand je suis sortie… elle avait disparu.
– Donc, en gros, elle aurait tout aussi bien pu partir d'elle-même ?

– Mais pourquoi aurait-elle fait ça ? Elle était terrifiée !

Marco, jusque-là en retrait durant les explications de Jenny, se leva et prit la parole :

– Je vous propose que l'on se divise en plusieurs groupes. Sans Annah, nous sommes quatorze. En comptant l'étage, la demeure comprend huit ailes. Mettons-nous en binômes et chacun fouille une aile de fond en comble : quatre groupes de deux au rez-de-chaussée, dans les ailes sud, nord, est et ouest, et trois binômes dans les ailes à l'étage. Je reste avec Sophie, elle et moi en examinerons deux à l'étage afin de couvrir le manoir entier.

Sophie eut un regard surpris et dévisagea Marco. Il avait beau être arrogant, elle lui trouvait beaucoup de charme. Elle aimait les hommes qui avaient de la poigne, et c'était le seul qui s'imposait. Elle se leva en faisant mine de râler, mais au fond, elle était ravie. Ce petit jeu de séduction avec lui l'occuperait durant cette soirée de l'enfer.

– Séparons-nous dans le hall d'entrée.

Il montra du doigt l'horloge murale et ajouta :

– Il est 22 h 40. Retrouvons-nous tous ici au moment où 23 heures sonneront, OK ?

Personne ne répondit, mais tous se mirent en route. Nul n'était serein. La pluie battait toujours les carreaux, comme pour signaler un danger imminent.

Chapitre 24

Manoir d'Oackland. Aile ouest, premier étage.

John entreprit de faire passer la brune aux yeux charbon devant lui en posant sa main dans le bas de son dos. Celle-ci s'échappa de l'étreinte du jeune homme sans se retourner, en levant les yeux au ciel.

Le commercial connaissait bien les femmes. Il les comparait souvent à ses bagnoles : les « toutes options » étaient les plus belles, les plus confortables, mais trop compliquées à entretenir, et à la moindre rayure c'était l'affolement général. Parfois, il valait mieux taper dans une voiture d'occasion, celle dont on se contrefout et qu'on n'a pas peur de se faire voler.

Cette femme avait l'air d'avoir un sacré caractère. Il adorait ça. Il accéléra le pas pour la rattraper et tenta de lancer la conversation :

– Et sinon, Carlota, tu fais quoi dans la vie ?

Les longs cheveux bouclés en cascade stoppèrent net leur course, et Carlota se retourna en pointant un doigt accusateur sur John :

– Toi et tes approches de drague à deux balles, vous ne m'intéressez pas. On ne se connaît pas, et je n'ai aucune envie que ça change, alors tu restes de ton côté et moi du mien.

Elle tourna les talons et reprit son chemin avant même que John ne puisse rétorquer quoi que ce soit. *Encore une qui se croit irrésistible*, pensa-t-il, blessé dans son ego. *Je parie que d'ici la fin de la soirée, elle changera d'avis.*

Chapitre 25

– L'ennui est également un puissant indicateur de tempérament. Certains feront un bilan de leur vie, plus ou moins positif ; certains laisseront éclater leur frustration, incapables de supporter la moindre contrariété ; d'autres seront créatifs ; d'autres encore seront portés sur l'humain et chercheront à connaître leurs camarades d'infortune.

– J'imagine que c'est cette dernière catégorie qui nous intéresse ?

– Je vois que vous commencez à comprendre.

Chapitre 26

Carlota, soixante-douze heures avant le jour J.

Ses lunettes Yves Saint Laurent occupaient une grande partie de son visage et ses cheveux ondulés couleur ébène étaient délicatement masqués sous un foulard de créateur, certainement aussi cher que la voiture du pauvre chauffeur de taxi qui la déposait.

– Arrête-toi là. Tu m'attends. J'en ai pour cinq minutes.

Les talons de la jeune femme se posèrent sur le parvis du tribunal judiciaire de Paris. Elle entra et se faufila dans l'enceinte en faisant en sorte de ne croiser aucun regard. Elle jeta un œil dans la salle principale. *Le voilà*, pensa-t-elle.

Elle s'avança et attrapa brusquement le bras de l'homme en robe d'avocat qui se tenait de dos. Ce dernier se retourna et eut un mouvement de recul.

– Que fais-tu là ?
– Tu ne réponds pas à mes messages.

– Tu es complètement folle de venir jusqu'ici !
– Écoute-moi bien. Tu vas accéder à ma demande, car je commence à perdre patience. Si tu ne veux pas que je fasse un petit scandale devant ton ami le juge Sergei, qui te déteste tant, ne me cherche pas ! Tout doit être réglé avant ce soir, minuit.

L'avocat n'eut pas le temps de répondre. La silhouette élancée de Carlota s'était déjà faufilée hors de l'immeuble à pas feutrés.

Chapitre 27

Manoir d'Oackland. Aile sud, rez-de-chaussée.

Éric n'était pas serein. Il se demandait ce qu'il foutait ici, et il n'avait aucune confiance en cette gamine. Du haut de ses 50 ans, il savait percevoir les gens, et cette fille empestait les problèmes. Il se demandait même si elle n'était pas pour quelque chose dans tout ce traquenard, un hold-up psychologique manigancé pour soutirer de l'argent aux protagonistes sans craindre de représailles. Il remonta ses lunettes noires carrées et décida d'en savoir plus :

– Léa, c'est ça ?
– A priori, oui…
– Comment ça, « a priori » ?
– C'est ce qui est écrit sur mon acte de naissance.
– Tu n'as pas de carte d'identité ?
– Si, j'ai dû en avoir une pour pouvoir être hébergée au foyer.
– Foyer d'hébergement pour mineurs ?
– Oui. D'ailleurs, je serai à la rue dans moins de trois mois. T'as pas une chambre dispo chez toi ?

Éric ouvrit grand les yeux, surpris par la spontanéité et le manque de tact de la jeune fille.

– Enfin, euh… Non. Ma femme n'accepterait jamais ! Il n'y a pas un autre endroit qui peut prendre le relais ?

– Nope ! répondit-elle d'un air faussement détaché. Quand on est majeur, c'est fini, chacun sa merde.

Il força davantage que nécessaire sur la poignée de la porte devant laquelle il se trouvait, cherchant à masquer sa gêne.

– Encore fermée ! Presque aucune de ces pièces n'est accessible. Et celles qui sont ouvertes sont vides. Je ne sais même pas combien de temps nous sommes supposés rester ici, et si nous aurons de quoi manger demain.
– Bienvenue dans mon monde, Rothschild ! lança-t-elle en lui tapant l'épaule.
– Nous avons tout vérifié, il n'y a rien ici… Retournons auprès des autres.

Chapitre 28

Manoir d'Oackland. Aile nord, premier étage.

– Dépêchez-vous, demoiselle ! lança Marco en attrapant la main de Sophie, un sourire enjôleur au coin de la bouche.
– J'ai douze centimètres de talons et cinq Cosmos dans le sang, je fais mon maximum ! répondit la jeune femme, visiblement vexée.
– C'est pas pour t'embêter, reprit Marco en lui caressant la joue. J'aimerais qu'on puisse avoir un petit tête-à-tête avant de rejoindre les autres.
– Qui te dit que tu es mon style ?
– Je l'ai compris à la seconde où tu as passé cette porte.
– Tu es bien sûr de toi.
– J'ai mes raisons, lâcha-t-il en la plaquant contre le mur.

Il oublia ses bonnes résolutions, son envie d'être un homme respectueux envers Cynthia, et plongea dans la facilité la plus totale : l'excitation de la trahison et de la tromperie – le dégoût de lui aussi, paradoxalement, mais le premier sentiment était si fort, si primaire, qu'il ne savait y résister.

La mannequin fit mine de s'opposer en lui tenant les avant-bras, mais Marco était déjà dans son cou, à l'embrasser.

– On n'aura jamais le temps de vérifier les deux ailes si on fait ça, dit-elle en le repoussant mollement.

– On s'en fiche ! De toute façon, celui qui joue avec nous aura toujours un coup d'avance. Amusons-nous !

Tandis qu'il terminait sa phrase, il ouvrit une des pièces vides et s'y engouffra avec sa partenaire.

Chapitre 29

Manoir d'Oackland. Aile est, rez-de-chaussée.

Nyls regardait l'installation électrique ; il espérait trouver une indication sur la possibilité de se connecter au wifi par un autre moyen que *via* son cellulaire. Il scrutait les lieux, à la recherche d'une trappe… ou encore d'un boîtier, mais le manoir était une prison.

Ouvrir chaque pièce de la demeure lui paraissait une perte de temps. Celui ou celle qui les avait attirés et enfermés ici avait tout préparé. Ils ne trouveraient rien en réfléchissant de la sorte. Dans son jeu vidéo Pure Blackout, la fin du monde était programmée par des invasions extraterrestres. Il avait l'habitude de jouer en équipe et de contrer l'ennemi. Il fallait toujours avoir un temps d'avance. Ne pas penser de façon binaire. Imaginer toutes les possibilités, et surtout, s'extraire du contexte pour garder un œil neutre.

Il était englué dans ses pensées lorsque Jenny le sortit de sa torpeur :

– Pourquoi Annah aurait-elle disparu sans crier ? Soit elle a suivi quelqu'un de son plein gré, soit elle a été enlevée si rapidement qu'elle n'a même pas eu le temps de réagir…

– Tu ne te souviens pas d'une odeur particulière ? Comme celle d'un produit fort qui aurait pu provoquer un endormissement instantané ?
– Non, rien de tel. Je vous l'aurais dit, sinon…
– Peut-être le commanditaire se trouve-t-il parmi nous… Nous sommes tous des inconnus les uns pour les autres, difficile de se faire confiance.
– J'ai tellement peur de la découvrir baignant dans son sang à l'intérieur d'une de ces pièces. Ça me fait froid dans le dos.
– Ne pense pas à ça !
– *Ils étaient dix,* Agatha Christie… Et si on était tombés sur un malade mental ?
– Et si c'était le fantôme du duc d'Oackland qui nous avait envoyé les faire-part depuis l'au-delà ? Arrête de dire des bêtises pareilles. Rebroussons chemin, il n'y a rien ici.

Chapitre 30

– Les théories sont essentielles dans le dépouillement de la vérité : plus ils émettront d'hypothèses, plus l'anxiété générale redoublera. Fermez les yeux, et imaginez-vous face à un combattant. Et maintenant, imaginez qu'il y en a tout autour de vous. Des dizaines. Le manque de contrôle face à l'inconnu nous fait dire ou faire des choses qui prennent racine dans l'énergie de la peur et non dans celle de la raison.

– Quand souhaitez-vous que nous lancions le magnéto ?

– Attendez qu'ils soient tous réunis dans le hall. Soignons nos interventions, dit-il en frappant fort dans ses mains et en éclatant de rire.

Chapitre 31

Manoir d'Oackland. Aile sud, premier étage.

Anne-Marie était silencieuse. Elle triturait nerveusement ses boucles blondes, en veillant à rester du côté du mur le plus éloigné des portes. Elle craignait que quelqu'un ne sorte d'une des pièces avec l'intention de la poignarder sauvagement. Elle jeta un coup d'œil à son binôme : le jeune homme musclé s'admirait dans les reflets des vitres. Elle soupira : on lui avait collé le pire partenaire niveau conversation, ils n'échangeraient pas un mot. Elle se réconforta cependant en pensant que si le meurtrier d'Annah s'en prenait à elle, cette montagne de muscles serait la personne la plus à même de la défendre.

Romain ouvrit machinalement une énième porte et alluma la lumière tout en jetant un regard circulaire dans la pièce :
– R.A.S.

Anne-Marie décida de rompre le silence, trop pesant pour elle, qui aimait tant papoter :

– Quel était le but de ta venue ce soir ?

– Je pensais venir pour une remise de prix du meilleur influenceur…Tu penses qu'il y aurait un lien ?
– Je ne sais pas, je ne mets aucune piste de côté…
– C'était une invitation pour une remise de prix de l'influenceur de l'année, dans la catégorie « Influenceur fitness », dit-il en désignant son corps bodybuildé. Et toi ?

Anne-Marie fut étonnée qu'il s'intéresse à elle ; elle releva la tête et répondit :

– Je suis pigiste, je pensais devoir couvrir un festival de musique écossaise… d'où mon appareil photo.
– Ah, tu fais aussi de la photo ?
– Oui, ça me permet de ne rien oublier dans mes articles.
– As-tu pris des clichés du début de soirée ?
– Oui, j'en ai pris quelques-uns, surtout en début de soirée, justement. Pourquoi ?
– Ils pourraient peut-être nous donner des indications ? Un visage familier, ou une attitude ? Quelque chose qui nous aurait échappé ?
– Bonne idée ! Mon appareil est dans la grande salle, je jetterai un œil dès qu'on y sera.

Anne-Marie accéléra le pas en sens inverse, excitée à l'idée de détenir une des pièces du puzzle.

Chapitre 32

Manoir d'Oackland, 23 heures.

Le gong retentit onze fois tandis que les sept binômes arrivaient successivement. Anne-Marie s'était empressée d'aller chercher son appareil photo et repassait les clichés un à un pour tuer le temps… et surtout, pour tenter de découvrir un détail qui leur aurait échappé.

À en croire les mines sombres, personne n'avait fait de découverte fracassante. Mais tout le monde était là, c'était bon signe.

Marco se positionna au pied de l'horloge et, naturellement, les autres formèrent un arc de cercle autour de lui. John le dévisagea. Ce type était un escroc, ça se sentait. D'ailleurs, il avait sciemment choisi la bombe de la soirée pour patrouiller dans les couloirs. La brune aux yeux bleus le regardait d'un air énamouré. Ces deux-là n'avaient certainement pas fait que chercher Annah. Le commercial contint un haussement d'épaules nerveux rien qu'à cette idée. Ce type n'était ni musclé ni spécialement intelligent. La pauvre fille était bourrée, voilà pourquoi il avait pu avoir ses faveurs.

Ce fut le retour d'Éric et de Léa qui mit fin à l'attente, précédant le raclement de gorge de Marco. Sophie, quant à elle, s'était posée dans un coin du hall et semblait à deux doigts de s'assoupir, enivrée par les nombreux cocktails qu'elle avait ingurgités.

– Je vais appeler les binômes un par un, et chacun signalera un indice débusqué ou une trouvaille faite dans sa partie… Commençons par l'aile sud du rez-de-chaussée : Éric, Léa, quelque chose ?
– Non, absolument rien. Aucune trace d'Annah. Toutes les pièces sont vides.
– Hum… OK. John et Carlota, aile ouest au premier étage, qu'avez-vous trouvé ?
– La quintessence de la lourdeur ! répondit la jeune femme, toujours en colère contre John.

Son intervention déclencha une vague de rires nerveux, tandis que John semblait très mal prendre la pique lancée par la belle brune.

– Quant à nous, reprit Marco, nous n'avons rien remarqué de particulier non plus au premier étage, ni dans l'aile nord ni dans l'aile est, dit-il gêné, sachant pertinemment qu'ils n'étaient pas allés dans l'aile est.

Un chuchotement agacé résonna dans le hall.

– Vas-y, vipère, répète un peu ce que tu viens de dire ! hurla Sophie en bondissant de sa position affalée en direction d'une femme.

– Reste tranquille, espèce d'ivrogne ! Tu as très bien entendu ce que j'ai dit : je ne sais pas ce que vous avez cherché dans votre aile, mais en tout cas, les murs ont des oreilles. Visiblement, vous avez dû bien explorer les lieux ! répondit Nadia, le regard furieux.

De peur que la situation ne s'envenime, Gunther et Romain s'interposèrent entre les deux jeunes femmes. Sophie repoussa fortement l'entraîneur sportif et lança à Nadia :

– Forcément, une nana comme toi, ça ne doit pas lui arriver souvent !
– Eh, oh ! Calmez-vous ! Ça va pas la tête ? les raisonna Nyls en secouant ses longs cheveux blonds retombant sur sa nuque.

Tout le monde se tut. Marco reprit la parole, visiblement gêné d'avoir été entendu durant ses ébats :

– Hum… Donc, pour résumer, au premier étage, ailes nord et est, rien de spécial. Qu'en est-il du premier étage, aile sud ? Anne-Marie ? Romain ?

La pigiste n'aimait pas être au centre de l'attention ; elle recula légèrement et, tête baissée sur son appareil photo, l'air occupé, laissa son binôme prendre la parole. Romain indiqua qu'ils n'avaient malheureusement rien découvert non plus.

Le tour des groupes continua, et ce fut à Gunther et Hélène, la professeure de collège, de répondre par la négative. Rez-de-chaussée nord, RAS.

– Il ne reste donc que Pierre et Nadia, pour l'aile ouest du rez-de-chaussée.

La brune releva le menton d'un air dédaigneux. Elle portait une robe très moulante en similicuir, probablement une perruque – d'un noir intense –, et ses faux cils lui donnaient un air farouche. Elle jeta un regard mauvais en direction de Sophie et répondit également par la négative, d'un signe de tête plein de mépris.
– Personne n'a rien remarqué de bizarre, conclut Marco, déçu.
– Tu nous as oubliés ! s'exclama Nyls en s'avançant.
– Ah, pardon ! Où étais-tu, et avec qui ?
– Aile est, au rez-de-chaussée, en compagnie de Jenny.

Celle-ci leva un doigt en signe de salutation et sourit niaisement au grand blond, d'un air un peu amouraché.

– Nous n'avons rien trouvé non plus, mais quelque chose a attiré mon attention. Il n'y a aucun signe de commandes électriques dans le manoir. C'est la cheminée qui chauffe la grande salle, mais qu'en est-il du reste du manoir ? Je ne vois aucune climatisation, aucun boîtier ni aucune façon de régler le moindre appareil.
– Qu'est-ce que tu en déduis ?
– Tout cela est forcément caché quelque part, et…
– Oh, mon Dieu ! hurla Anne-Marie dans un cri étranglé.
– Qu'est-ce qui se passe ? réagit Romain en l'attrapant par le bras.
– Je… je viens de repasser la soixantaine de photos que j'ai prises durant le début de soirée. À ce moment-là, les domestiques et la musique aidant, nous n'avions pas remarqué que nous étions si peu d'invités. J'ai compté le nombre de

convives, et je tombe toujours sur un total de quinze, et non seize comme ce devrait pourtant être le cas.
– Et donc… ? questionna John, sarcastique.
– Nous sommes bel et bien quinze, pas seize !
– Je ne te suis pas du tout, rétorqua Nyls, perplexe. Évidemment que nous sommes quinze. Enfin, plutôt quatorze, maintenant, avec Annah en moins.
– Vous ne comprenez pas ?! cria-t-elle, désespérée. Il y a pourtant une seizième personne qui n'apparaît sur aucune des photos. Souvenez-vous, lorsque Jenny est allée aux toilettes avec Annah, elle est tombée sur un jeune homme, celui qui venait pour le sommet écologique… Il ne fait pas partie du groupe !

Chapitre 33

– Comment fait-on, désormais ?

– Cette petite reporter de pacotille a plus de ressources qu'elle n'en a l'air. Il faudra la faire craquer rapidement pour qu'elle ne saborde pas tous nos plans. La soirée ne fait que commencer. Si tout est dévoilé trop vite, nous passerons à côté du but.

– Préparons-nous le jeu ?

– Le timing me paraît adéquat, répondit l'homme avec un large sourire.

CHAPITRE 34

Manoir d'Oackland, 23 h 15.

Tous les visages consternés s'épiaient et cherchaient une lueur de réponse et de vérité chez les autres convives. Les dernières minutes avaient semblé si longues que l'assemblée paraissait macérer dans la peur et la méfiance, sans plus pouvoir bouger.

Ce fut la petite musique annonçant l'arrivée d'un message qui brisa la lourdeur de l'atmosphère, faisant soudainement grimper les quatorze rythmes cardiaques, à l'unisson.

Mes chers convives, c'est le maître des lieux qui vous parle. Je trouve que la soirée est bien trop calme, pour un événement de la sorte. N'oubliez pas que nous voulons nous assurer que vous passez un bon moment. Vous vous trouvez dans un des joyaux de l'architecture française, et beaucoup auraient tué pour recevoir un carton d'invitation.

À cette dernière phrase, Jenny tressauta et agrippa la manche de Marco en la serrant très fort.

Nous vous proposons une petite animation : le jeu des quatre « fausses vérités ». Pour cela, nous allons vous donner quatre affirmations sur l'un d'entre vous. Elles seront peut-être vraies, ou seulement en partie, ou bien complètement fausses. Cela ne sera pas précisé. À vous d'aiguiser vos sens et d'apprendre à connaître vos camarades, car sachez que si des déclarations sont avérées, vous aurez probablement envie de prendre quelque distance avec certains convives. Bonne partie à vous et bonne soirée. Du champagne vient d'être servi dans l'entrée du manoir.

Fou de rage, Romain frappa un des murs en pierre et s'écorcha la main contre la roche poreuse.

– Merde ! Mais c'est pas possible, comment font-ils ça ? hurla-t-il tandis que les autres invités se rapprochaient de lui.
– Il faudrait de nouveau se diviser en petits groupes afin de monter la garde au niveau des entrées. Si on intercepte quelqu'un, on pourra le faire parler ! proposa Gunther.
– Tu oublies peut-être qu'ils observent tous nos faits et gestes. Qui te dit qu'ils nous livreront à boire et à manger si nous bloquons les accès ? réagit Nyls.
– Ce qu'ils veulent, c'est qu'on joue, intervint Marco d'un ton sobre. Alors, jouons.

Une coupe de champagne à la main, en direction du grand salon, chacun s'installa commodément dans un silence religieux. L'attente ne fut pas longue avant que la voix du maître des lieux ne retentisse :

Les quatre premières vérités sont les suivantes : « Je suis coupable d'avoir dénoncé une tricherie. » « Je suis coupable du même crime que celui que j'ai dénoncé. » « Je suis coupable d'avoir falsifié des preuves pour me couvrir. » « *Je suis coupable de malveillance et d'iniquité.* »

Les regards se croisaient et le soulagement pouvait se lire sur les visages. Une tricherie ? Tous avaient imaginé bien pire. Il y avait simplement un tricheur parmi eux ?

Démasquons-le, que nous puissions tous partir, pensa Pierre.

– Ces accusations ne sont pas très graves. Est-ce que quelqu'un se sent concerné ? Ne vaudrait-il pas mieux avouer et pouvoir sortir d'ici ?
– Je vote pour, je n'en peux plus d'être dans ce trou à rat ! lança Sophie. J'ai envie de dormir, et je ne supporte plus votre présence.
– Qui nous dit qu'un aveu nous sauverait ? Comment être sûrs qu'ils ne passeraient pas au suivant ? lâcha Carlota avec agressivité.
– Pourquoi tu dis ça ? Tu as peur ? Tu as des choses à cacher, ma belle ? la taquina John sur un ton faussement mielleux.
– Toi, la ferme ! Ne me parle pas ! Je n'ai rien à me reprocher, mais je n'aime pas du tout ce jeu malsain. On ne sait pas comment ça peut finir… Si personne ne joue, ils seront obligés d'arrêter.
– Sauf s'ils nous tuent tous, comme ils ont tué Annah ! hurla Jenny en tremblant de peur.

Soudain, un gémissement furtif se fit entendre dans la partie gauche du cercle. Hélène tomba à genoux et supplia :

– Ils parlent de moi ! Ils parlent de moi ! Ne les laissez pas me tuer… Ne les laissez pas s'en prendre à moi !

Marco se dégagea de l'étreinte de Jenny et s'avança jusqu'à Hélène. Il lui saisit les épaules et lui redressa la tête, la secouant.

– Hélène, arrête de pleurer ! Nous ne laisserons personne te faire du mal. Mais il faut que nous comprenions ce qui s'est passé. Raconte-nous.

La professeure faisait une crise de panique. Elle respirait si fort qu'elle semblait être prise de convulsions.

– Annah ! Annah ! cria-t-elle. Je ne la connaissais pas, mais je savais… Elle était au conservatoire de Toulouse. Je fais partie du jury de présélection pour l'entrée aux écoles des élites du conservatoire.

Elle s'assit sur ses genoux, le visage contre le sol, cherchant de l'air, essayant de calmer sa respiration, en vain. Marco l'encouragea à se confier davantage.

– La lauréate pressentie pour le titre était la fille du directeur du conservatoire, Fauve. Elle avait le talent, le physique et l'assiduité. Sauf qu'elle bénéficiait d'avantages indirects par l'intermédiaire de son père. Elle n'était cependant pas du tout aimée par le professorat. Son côté bosseur et sûr d'elle agaçait. Quand Annah a déposé son projet, j'ai tout de suite su que l'œuvre qu'elle présentait n'était pas d'elle. Elle portait l'empreinte du talent de M. Schwayht, le grand violoniste, dont seule la fille parvenait à reproduire les partitions. À côté de ça, la proposition de Fauve était étonnamment banale. J'ai compris très vite qu'Annah avait échangé son dossier avec celui de la fille de M. Schwayt. Je n'ai rien dit, parce que Fauve est une petite fille pourrie gâtée qui n'a jamais eu à se battre pour quoi que ce soit dans la vie. Je voulais qu'elle ait droit à une bonne leçon !

Elle essuya une nouvelle flopée de larmes sur ses joues et se redressa, cherchant à apaiser son corps tremblotant, qui témoignait de la peur qu'elle ressentait.

– Ne me jugez pas ! Ce n'était pas contre cette gosse. Mais, moi aussi, j'aurais pu avoir une brillante carrière, si Papa avait tout payé pour que je réussisse… Au lieu de ça, je me retrouve à donner des cours, comme une minable.

Elle éclata en sanglots et s'enfuit en direction de l'entrée du manoir.

– Je vais prendre l'air, laissez-moi prendre l'air !
– Je ne pense pas que ce soit une bonne idée, lança Anne-Marie avec anxiété, ses cheveux blonds en bataille, tout en s'avançant pour la retenir.
– Elle ne craint rien dans les jardins, répondit Pierre en attrapant le bras de la pigiste. Les garçons y sont allés tout à l'heure, il n'y a pas de danger. Laisse-la respirer.

La grande porte ne s'était pas tout à fait refermée lorsque les premiers chuchotements se firent entendre :

– Croyez-vous qu'elle dise toute la vérité ?

Chapitre 35

Pierre, quarante-huit heures avant le jour J.

Le banquier remonta l'allée caillouteuse et entendit le portail grincer derrière lui, sous l'effet de la rouille. Il souffla lorsqu'il vit la voiture de l'infirmière garée sur sa place. Il était 17 h 30 et il n'avait qu'une envie : desserrer sa cravate et retirer son costard au plus vite. Comme chaque soir depuis des années, la soignante, Émilie, libérerait la place à 17 h 38. Pierre profita de l'attente pour surfer sur son téléphone et répondre aux derniers e-mails urgents.

La jeune blonde sortit en trombe de la maison et le salua chaleureusement. Elle monta dans son 4x4 BMW et baissa la vitre lorsqu'elle parvint à son niveau.

– J'ai prodigué les soins habituels. Faites attention, car votre maman a une mauvaise circulation sanguine. Elle a les extrémités très froides et, vu les températures, je vous conseillerais d'augmenter votre chauffage ou de la forcer à mieux se couvrir.

– Merci, Émilie, mais… vous savez comment elle est ! Têtue comme une bourrique. Je lui en toucherai deux mots.

Il mit fin à la conversation en remontant sa vitre, puis parqua sa Porsche Panamera devant dans la maison. Lorsqu'il entra, sa mère l'attendait sur le palier, comme toujours :

– Fiston ! J'ai préparé le repas. Comment s'est passée ta journée ?

CHAPITRE 36

– L'être humain est incapable de se remettre en question dans un environnement favorable. Telle une fleur qui doit éclore, il a besoin du terreau de la souffrance, de la peur, de la perdition pour dévier ses racines et pousser dans la bonne direction.
– Diriez-vous que vous leur apportez de l'aide ?
– Oui, en effet... Nous jardinons !

CHAPITRE 37

Manoir d'Oackland, 23 h 15.

Sophie titubait dans les couloirs du rez-de-chaussée depuis cinq minutes, à la recherche des toilettes, lorsqu'elle finit par tomber sur une petite porte cachant une salle de bains. Elle pénétrait enfin à l'intérieur d'un cabinet lorsqu'elle sentit une main l'attraper sèchement par-derrière. Elle ne tressauta même pas, l'alcool lui donnait cette force incroyable qui lui ôtait toute peur ou tout sens du danger. Elle se tourna nonchalamment et aperçut Jenny, le visage bouffi par les pleurs et tordu d'angoisse.

– Qu'est-ce que tu me veux ?
– Tu n'as pas honte de te taper un mec en couple ?
– De quoi tu me parles ?
– Tu crois que je ne sais pas que tu as couché avec Marco ?
– C'est ton mari chéri ? Parce que je n'ai vu aucune bague à son doigt.
– C'est le fiancé de ma sœur ! Ils sont très heureux ensemble, alors méfie-toi. Que je n'apprenne pas que tu as reposé tes sales pattes sur lui !

Sophie haussa les épaules et entreprit d'uriner devant Jenny qui, outrée, lui listait en hurlant les raisons pour lesquelles elle ne devait pas interférer dans le couple.

Le groupe, qui attendait le retour d'Hélène dans le hall, accourut, tandis que Sophie remontait sa culotte, la porte des toilettes toujours ouverte.

– Qu'est-ce qui se passe ici ? demanda Nyls.
– Elle est en train de dérailler, répondit Sophie, penchée sur le lavabo dans une position suggestive et délibérément provocatrice, tout en arrosant sa nuque d'eau fraîche.
– Cette nana ne crée que des problèmes !
– Ah oui ? Et pourquoi tu ne dis pas à nos chers camarades ton petit secret, Jenny ? dit-elle en désignant Marco.
– De quoi tu parles ? Quel secret ? interrogea l'intéressé, sur la défensive.
– Il n'y a rien à cacher. Je connais Marco, voilà tout, renchérit Jenny, troublée.
– Comment ça, vous vous connaissez ? intervint Carlota, les sourcils froncés.
– Marco est le fiancé de ma sœur.
– Et c'est seulement maintenant que vous le dites ?
– Ça n'a aucun intérêt, reprit le grand brun.
– Au contraire, réagit Éric. C'est le genre d'informations qui nous intéressent, vu les circonstances.
– Il a raison ! lança Léa, agressive. Qui nous dit que vous n'êtes pas des taupes ? Étiez-vous ensemble quand Annah s'est volatilisée ? Si l'un de vous a disparu durant ce laps de temps, l'autre a très bien pu occuper le groupe en faisant diversion.

– Je me rappelle très bien ! renchérit Sophie. Annah était en pleurs. Jenny s'est approchée d'elle, et elles sont sorties ensemble de la grande salle commune.
– Elle m'a demandé de l'accompagner aux toilettes pour se rafraîchir ! cria Jenny, affolée par tous les regards pointés sur elle.
– Et toi, Marco… Depuis le début, tu es calme et décontracté, comme si tu ne ressentais aucun danger. C'est suspect ! pointa John.
– La seule chose suspecte, lui répondit Marco en l'attrapant par le col de sa chemise, c'est ta jalousie et ton aigreur, tout ça parce que je me suis envoyé en l'air avec la plus belle fille de la soirée !
– Espèce de tocard ! Je ne savais pas que tu étais fiancé ! Si c'était à refaire, je ne perdrais pas mon temps avec un sale type comme toi, balança Sophie d'un air hautain.
– Calmons-nous, dit Gunther. Je ne crois pas qu'ils aient quoi que ce soit à voir avec toute cette mascarade. Et quand bien même, si c'était le cas, ils ne sont pas seuls et ce ne sont pas eux qui tirent les ficelles. S'ils avaient voulu tous nous tuer, ils l'auraient déjà fait. Essayons de comprendre notre présence ici. Les messages sont passifs-agressifs, ils cherchent à nous donner l'impression que nous allons passer un bon moment, mais le champ lexical est menaçant. Le premier message disait : « Nous avons envie de vous découvrir, et nous pensons aussi que vous pourriez tous devenir très amis. » Cela induit qu'ils souhaitent que nous nous dévoilions, tout en restant unis. Le deuxième indiquait que si nous ne le faisions pas, il pourrait y avoir des répercussions : « N'oubliez pas que nous voulons nous assurer que vous passez un bon moment. Vous vous trouvez dans un des joyaux de l'architecture française, et beaucoup auraient tué pour avoir un carton d'invitation. »

– Nous inviter à rester unis est peut-être un piège. Et si nous étions en compétition les uns contre les autres ? questionna Anne-Marie, tremblante.
– Comme dans *Ils étaient dix* d'Agatha Christie ? dit Gunther.
– Oui, comme dans *Ils étaient dix.*
– Admettons que nous soyons dans une mise en scène de ce livre. Que se passe-t-il à cet instant précis de la soirée ?
– Quelqu'un est sûrement déjà mort, répondit Éric en grattant sa barbe.
– Mon Dieu, faites qu'Annah soit en vie ! s'exclama Anne-Marie. Il faut rester groupés. Heureusement, nous sommes tous réunis ici…
– Hélène ! hurla Jenny.

Chapitre 38

– Comment avez-vous pu prévoir qu'il pleuvrait ce jour-là ?
– Parfois, il faut beaucoup de méticulosité, de temps et de réflexion pour élaborer un projet de la sorte, et parfois aussi, il suffit d'avoir un peu de chance. Nous avions étudié les prévisions pour mettre toutes les chances de notre côté, et choisi ce jeudi en fonction, mais ce temps diluvien est au-delà de mes espérances.
– En quoi la météo est-elle un facteur si important ?
– Tout le monde y est sensible. Que vous soyez un homme, une femme, et quel que soit votre tempérament, vous ne pouvez combattre les éléments. La pluie, surtout quand elle est torrentielle, vous plaque au sol et vous invite à un moment de latence et d'introspection auquel vous ne vous seriez jamais abandonné en temps normal. Elle est notre plus grande alliée aujourd'hui ; les gouttes frappent sur chacune des grandes vitres du manoir, telle une ombre toujours aux aguets.
– Il est cependant annoncé des conditions météo bien plus avantageuses à partir de demain.
– Demain est loin. La soirée commence à peine.

CHAPITRE 39

Manoir d'Oackland, 23 h 30.

– Arrêtez ! les stoppa Carlota. N'y allez pas, c'est inutile ! Hélène est sortie depuis près de vingt minutes. Si elle avait encore été dehors, elle serait rentrée quand la pluie a recommencé à tomber. Il lui est arrivé quelque chose.
– Justement, nous devons aller vérifier, répondit Romain.
– Impossible. Les jardins s'étendent sur plusieurs hectares. Elle pourrait être n'importe où, et sous cette averse, nous serions d'autant plus vulnérables. On ne voit pas à plus d'un mètre à la ronde. C'est trop dangereux.

Le groupe décida de prendre le parti de Carlota et se dirigea vers la grande salle commune. Le mur du fond était recouvert d'une lumière blanche de projecteur. Un bruit de bobine qui tourne brisa le silence. Dès que la dernière personne entra, toutes les lumières s'éteignirent et un magnéto se lança. Jenny attrapa la main de Romain, qui se trouvait à proximité, et colla sa poitrine contre son bras en plaquant ses yeux contre son biceps saillant.

L'image qui s'afficha n'était pas de très bonne qualité, mais on pouvait y apercevoir l'intérieur de l'habitacle d'un Range Rover. La vidéo, prise depuis un téléphone, filmait le poste radio, qui jouait *Dancing Queen*, lorsqu'un bruit sourd retentit.
La caméra du téléphone tressauta un moment avant de se stabiliser au niveau de la fenêtre avant gauche du véhicule, à travers laquelle on pouvait voir un adolescent étendu au sol. Du sang coulait de sa lèvre. La scène fut brouillée par le mouvement que la voiture déclencha lorsqu'elle démarra à toute vitesse.

Dans la pénombre, impossible de deviner les réactions des invités. Lorsque la lumière fut rallumée, tout le monde portait un masque : regards effrayés, inquiets, suspicieux. Le grand bal des hypocrites était lancé.

Le premier à rompre le silence fut John :

– Est-ce l'un d'entre vous ?

Silence total.

– J'ai une idée, lança-t-il en s'avançant près de la table des petits fours.

Il attrapa des serviettes en papier, puis son attaché-case d'où il sortit quelques stylos Lux'Auto qu'il posa sur la table. Tandis qu'il déchirait les serviettes en morceaux, tout le monde pensait qu'il était en train de perdre la boule.

– Puisque visiblement, Marco et Jenny se connaissent, et que Hélène et Annah étaient reliées par un événement commun, cela signifie qu'il y a des secrets que nous ignorons encore. Je vous propose de jouer au jeu de la vérité anonyme. Chacun écrira les informations dont il dispose sur les autres convives, sans que personne sache de qui il s'agit.

– En gros, tu veux qu'on rentre dans le jeu du maître des lieux. Mais t'es malade ! s'offusqua Anne-Marie.

– Elle a raison ! réagit Romain. Tant qu'on ignore pourquoi ils cherchent à nous soutirer des renseignements, il vaut mieux ne rien faire. Cela pourrait être dangereux… La pluie s'est calmée. Je sors vérifier l'installation électrique du portail, pour voir si je peux l'ouvrir de l'intérieur.

– Je te suis, je vais voir si je trouve des traces du passage d'Hélène, annonça Anne-Marie.

Les regards défaits de l'auditoire finirent de démotiver John, qui jeta les petits bouts de papier sur la grande table de réception, furieux.

– Vous vous rendez compte que votre silence est en train de tous nous tuer ? hurla-t-il en fixant un à un les invités de la soirée.
– Anne-Marie ! cria Nyls tandis que l'ombre de la jeune femme s'apprêtait à sortir du manoir, aux côtés de Romain.

Tous les yeux se tournèrent vers l'entrée, où Anne-Marie fit volte-face.

– C'était elle, dans la voiture… Elle a écrasé ce gosse, reprit-il.
– Quoi ? Mais… mais… c'est faux ! se défendit-elle d'une voix si faible qu'on eut l'impression qu'elle allait tomber dans les pommes.
– De quoi parlez-vous ? questionna John. Vous vous connaissez ?
– Non, je ne le connais pas ! Je ne l'ai jamais vu de ma vie… répondit Anne-Marie, tremblante.
– Lorsque tu as percuté cet enfant, son père, un des plus riches hommes d'affaires anglais, a tout mis sens dessus dessous pour retrouver le coupable. J'ai été contacté *via* un forum de hackers que je fréquentais étant jeune. Je ne trempais plus dans ce genre de magouilles du Darknet, mais quand on m'a parlé de délit de fuite et de la mort de ce pauvre môme, puis de la somme offerte pour identifier le conducteur, je n'ai pas hésité longtemps.
– Je ne sais pas à quoi tu joues, mais si tu cherches à sauver ton cul, tu t'y prends mal ! Quelle que soit la personne à l'origine de cette soirée de l'enfer, elle n'est pas idiote, et elle doit bien savoir à qui elle est confrontée. Puisqu'apparemment tu « trempais » dans des choses sales, on devrait plutôt chercher à en apprendre davantage sur toi. Tu détournes l'attention sur les autres pour qu'on s'intéresse moins à toi, c'est une technique classique, mais ça ne prend pas avec moi ! Qui es-tu, Nyls ? fulmina Anne-Marie.
– Calmons-nous ! intervint Marco avec son flegme légendaire. Les menteurs se font toujours prendre, parce qu'il faut être beaucoup trop intelligent pour duper quelqu'un qui n'a rien à cacher. Ils se trahiront à un moment donné, de toute façon. Essayons d'avancer un peu sur le reste.
– Quel reste ? demanda Sophie, à bout de nerfs.

– J'ai ma petite idée, dit-il en s'approchant de son cou pour lui glisser quelques mots à l'oreille.

Elle lui répondit brièvement, puis il se tourna vers le groupe et annonça :

– Romain, Anne-Marie, vous voulez sortir pour inspecter l'extérieur, aucun souci. Mais avant cela, nous allons tous nous asseoir et nous dévoiler davantage. Après tout, si je suis enfermé avec douze individus, j'aime autant savoir à qui j'ai affaire.

Sophie s'était discrètement éclipsée. Elle revint dans le salon, les bras chargés de manteaux et de sacs de toutes sortes. Elle tendit un de ces derniers, rose bonbon à bandoulière, et dit :

– Commençons par celui-là. À qui appartient-il ?

CHAPITRE 40

– Ne craignez-vous pas qu'ils fassent foirer l'expérience en dévoilant leur identité ? Voulez-vous que nous lancions quelque chose pour détourner leur attention en attendant de récupérer leurs biens ?
– En effet, nous n'avions pas songé à cette éventualité. Mais je pense que nous sommes *safe*. Ils ont tous un intérêt commun : mentir. Ils se protégeront les uns les autres sans même le savoir.
– Certaines informations vont tout de même fuiter.
– Tant mieux, cela créera un peu d'action !

Et il partit dans un énorme éclat de rire, qui fut absorbé par les murs insonorisés de la pièce.

Chapitre 41

Nadia, soixante-douze heures avant le jour J.

Il était 22 heures lorsque Nadia arriva au club. Elle frotta ses grands yeux ébène épuisés par une journée passée devant l'ordinateur et appuya sa longue botte rouge vernie sur un banc moisi. Tandis qu'elle en ficelait les lanières, partant du bout de son pied et montant jusqu'au genou, elle entendait la musique battre son rythme, et l'effervescence des premiers invités grimper.

Elle jeta un dernier regard dans le miroir et vérifia que sa perruque noire était bien fixée. Elle replaça son corset et remonta sa culotte pour donner plus de galbe à ses fesses. Elle entra en scène et aperçut sa collègue Mandie. Un coup d'œil à la salle lui indiqua que les riches clients habitués étaient présents. Elle décida alors de donner du vrai show. Elle s'avança vers son amie, dans une démarche que celle-ci ne connaissait que trop bien : elle chaloupait et la fixait avec envie. Mandie savait que Nadia viendrait l'embrasser à pleine bouche et qu'elle devrait arrêter de danser pour caresser les seins et tout le corps de sa complice, langoureusement. À ce moment précis, les passes étaient déjà assurées à 100 %, les clients n'attendraient même pas qu'elles aient fini de performer. Ils les voudraient tout de suite, et parfois toutes les deux en même temps. Elles feraient donc grimper les prix au plus offrant et s'assureraient une soirée rentable.

4 h 56 du matin.

Nadia retira les bottes qui la faisaient hurler de douleur et enfila une paire de ballerines feutrées. Elle ajusta son trench et jeta son sac de change sur son dos. Elle s'apprêtait à passer la porte du club lorsqu'un visage familier s'interposa avec un sourire. Malgré la pénombre, elle reconnut le client, bien qu'elle ne lui ait jamais parlé. Il ne couchait pas. Il venait pour le show, donnait quelques *tips*, mais était très discret. Il s'avança en lui tendant une enveloppe :

– Pour vous. J'ai pensé que ça pourrait vous être profitable.
– Mais de quoi s'agit-il ? s'époumona-t-elle tandis que l'homme disparaissait dans la nuit.

Nadia décacheta la pochette en papier et y trouva un carton couleur sable, très sobre, où il était écrit : « Soirée annuelle secrète et non officielle de notre parti politique. Personnel discret et disponible recherché. Manoir d'Oackland, ce jeudi, 20 heures. »

CHAPITRE 42

– Il est à moi, répondit Nadia, les sourcils froncés.

Sophie entreprit de fouiller le sac elle-même, mais Nadia le lui arracha des mains.

– Ouvre-le tout de suite, devant nous ! hurla la mannequin sans se démonter.

Nadia défit lentement la fermeture éclair du sac et en sortit une enveloppe. Par-dessus son épaule, Sophie lut : « Soirée annuelle secrète et non officielle de notre parti politique. Personnel discret et disponible recherché. Manoir d'Oackland, ce jeudi, 20 heures. »

– Une invitation à une soirée secrète avec des politiciens ? De la prostitution, tu veux dire ! dit-elle, scrutant Nadia tout en reculant avec un air de dégoût sur le visage.
– Tout le monde ne peut pas se payer de telles chaussures grâce à Papa-Maman, répondit la strip-teaseuse en désignant les Louboutin que Sophie portait.

– Personne ne m'a acheté quoi que ce soit ! rétorqua Sophie en s'avançant vers Nadia. Et donc ? hurla-t-elle, cette fois en s'adressant aux autres. Après la travailleuse du sexe, quoi d'autre ? Un trafiquant de drogue ? Un *serial killer* ?
– Je ne fais rien de mal ! se défendit Nadia, soudain très fébrile. Nous sommes entre adultes consentants, ce n'est rien de fou, c'est même d'une banalité affligeante…
– Ces meetings ont souvent lieu au manoir ? se renseigna Gunther.
– C'est la première fois que je viens ici. En temps normal, je travaille au *Coco Bongo*, un club de strip-tease situé en centre-ville.
– Qui t'a invitée ? Donne-nous son nom, demanda Éric.
– Je ne sais pas qui est cet homme… C'est un nouvel habitué. Il ne fréquentait l'établissement que depuis quelques semaines, ne venait que pour regarder, mais il était très généreux.
– Et tu vas me faire croire qu'il t'a filé une invit sans te dire qui il était, et que tu as accepté sans réfléchir, sans savoir où tu mettrais les pieds ?
– Tu crois que j'ai encore peur de quoi que ce soit dans la vie ? Mon quotidien, c'est le danger et la peur ! Je savais que pour organiser un événement en ces lieux, il fallait être friqué, et que les passes se monnaieraient cher. Je n'ai pas eu besoin de tergiverser.

Marco se frotta les tempes et dit :

– OK, Nadia. Reconnais-tu parmi nous un de tes clients, actuel ou ancien ? Nous savons que nous sommes tous liés, directement ou indirectement. Si tu as des informations, partage-les.

– Non, personne ici n'a jamais mis les pieds dans mon club. Personne, je le jure.

Les regards étaient tous braqués sur Nadia lorsque la petite voix tremblante de Jenny résonna dans la grande pièce commune. En pleurs, elle annonça :

– Je crois que j'ai trouvé notre meurtrier.

Chapitre 43

– Et s'ils décidaient d'éliminer un de leurs camarades, le pensant coupable ?
– Ils n'en feront rien. Une étude menée en 1950 détaille le fonctionnement du *bystander effect*, autrement nommé « effet Kitty Genovese » : ce phénomène psychosocial de déresponsabilisation se met en place dans un contexte d'urgence. Plus il y a d'individus coincés dans une situation alarmante…
– … moins ils sont aptes à intervenir.
– Exactement. Les études ont été lancées après le meurtre de Kitty Genovese. Elles ont permis de démontrer que la dissolution de la responsabilité d'agir est proportionnelle au nombre de témoins présents lors d'un drame. Ils sont encore trop nombreux pour se sentir en insécurité. Lorsqu'il n'en restera plus qu'une poignée, il nous faudra être attentifs. C'est à ce moment précis qu'ils seront capables du pire.

Chapitre 44

Jenny se tenait debout au milieu de toutes les affaires des convives, un papier grisâtre à la main.

– Mais qu'est-ce que tu racontes ?! cria John en la secouant.
– Ne me touche pas ! Tiens, regarde ! C'est elle, la meurtrière. C'est elle, répéta-t-elle en désignant Anne-Marie. Nyls avait raison.

Tout le groupe s'approcha : c'était une carte grise au nom de Mme Anne-Marie Suarez.

– Jenny, où tu veux en venir ? C'est juste une carte grise, ça ne mène à rien. Elle n'a jamais démenti s'appeler Anne-Marie.
– Observez les détails. Le modèle de la voiture…
– Un RANGE ROVER ! s'écria Marco en faisant volte-face vers Anne-Marie.
– Ne… Ne… Laissez-moi un instant, lâcha Anne-Marie, blafarde.
– Quelqu'un peut m'expliquer, là ? s'impatienta Sophie en agitant nerveusement l'une de ses jambes.

– Dans la vidéo de tout à l'heure, le jeune garçon s'est fait renverser par un Range Rover… indiqua Marco.
– Je tiens à préciser qu'il n'est pas mort, commença Anne-Marie d'une voix étouffée.
– Parce que tu as eu de la chance, répondit Nyls, furieux. Le gosse a passé six mois dans le coma et s'en est sorti uniquement parce que son père avait assez d'argent pour faire venir les meilleurs spécialistes des quatre coins du monde ! J'ai calculé le temps écoulé entre ton délit de fuite et le moment où quelqu'un s'est aperçu de son état et a appelé les secours : huit minutes et quarante-huit secondes. La commotion cérébrale était si grave qu'il aurait pu mourir. Quand tu es partie, tu l'as condamné.
– Il ne se passe pas un jour sans que j'y pense…
– Alors, pourquoi ne pas l'avoir dit ? Pourquoi ne pas t'être rendue à la police ?
– Mais attendez un instant, les coupa Marco. De quand date cet accident ?
– C'était il y a presque un an, répondit Nyls.
– Et depuis quand tu sais que la responsable est Anne-Marie ?
– Quelques semaines, tout au plus. Le travail mené pour retrouver la voiture a été monstrueux. J'ai dû localiser tous les téléphones émettant un signal dans le secteur. J'ai passé au peigne fin l'ensemble des contenus. C'est là que, par chance, j'ai trouvé cette vidéo dans les fichiers supprimés du cloud : au moment de l'accident, elle était en train de filmer, la musique à fond. Après cela, j'ai dû recouper les images de chaque caméra de surveillance aux alentours afin de retrouver un véhicule qui pourrait correspondre. J'ai découvert son identité le mois dernier.
– Le père du môme la connaît-il ?
– Oui, je la lui ai transmise en début de mois.

– Ça ne peut être que lui ! Pour se venger, il nous a tous réunis ici ! commenta Jenny, morte de trouille.
– Ça n'a aucun sens, rebondit Pierre. Nous n'avons rien à voir avec elle ou avec cet accident.
– En es-tu sûr ? demanda John. Anne-Marie, donne-nous des détails sur toi, sur ton histoire, et on pourra tous déterminer si on est reliés à toi, de près ou de loin.

Chapitre 45

Éric, soixante-douze heures avant le jour J.

Éric roulait depuis près de trois heures. Il était épuisé par le trajet, surtout après cette journée à soulever des kilos de parpaings sur le chantier, mais son envie d'arriver là-bas le tenait éveillé. Il gratta sa barbe de bûcheron ; elle le démangeait, il n'avait pas l'habitude d'en porter une. Il vérifia sa carte d'identité une dernière fois, replaça ses cheveux dans le bon sens et ajouta une paire de lunettes sur son nez de façon à ressembler à la photo. Il gara sa voiture en marche arrière, pour pouvoir partir rapidement en cas d'urgence, claqua la portière et réajusta son costard.

Le videur lui lança un regard sévère en scrutant la pièce d'identité, mais s'effaça pour le laisser entrer. Il n'était venu qu'une seule fois dans ce casino. Aussi, il n'était pas très rassuré ; il vérifiait en permanence les caméras de surveillance et scrutait discrètement les agents de sécurité derrière ses fausses lunettes de vue rondes.

Il repéra rapidement sa première cible de la soirée : un petit vieux, assis devant une machine à sous classique. Son pot était relativement bien rempli. À vue de nez, quatre cents ou cinq cents euros en jetons. Il avait l'air seul. Éric s'avança et lui demanda d'une voix envoûtante :

– Bonsoir, êtes-vous joueur amateur ?

Le vieil homme acquiesça timidement. Éric lui tendit sa carte de visite, sans détacher son regard du sien.

– Appelez-moi. J'ai de quoi vous faire gagner bien plus d'argent que ne le peuvent ces machines inutiles.

Il termina son numéro de charme par son effet préféré : le serveur apporta un whisky sec à la victime au moment où Éric la quittait.

– C'est pour la maison !

Il était 1 heure du matin lorsqu'Éric décida de s'éclipser discrètement du casino. Il attrapa sa gabardine et s'enfonça dans la nuit noire, froide. Tout à coup, une main s'abattit sur son épaule. Il sursauta, se tourna nonchalamment, essayant de ne pas paraître effrayé ou nerveux, puis remonta ses lunettes.

– Monsieur ! Vous avez oublié ça, dit l'un des grooms du casino en lui tendant une enveloppe crème. C'est une invitation à une grande soirée de présentation, ce jeudi, pour tous nos nouveaux clients.

– Merci, répondit Éric.

Il attendit que l'homme soit entré dans l'enceinte du bâtiment et souffla :

– Ouf, c'était moins une.

Chapitre 46

Manoir d'Oackland, minuit.

– Où habites-tu ?
– J'habite dans le 6ᵉ arrondissement, mais dans le cadre de mon travail de reporter, je suis amenée à aller dans le monde entier.

– Es-tu mariée ?
– Divorcée, sans enfant.
– Qui, parmi vous, travaille dans le 6ᵉ, ou bien dans un domaine lié de près ou de loin au journalisme ? demanda Gunther, un stylo à la main, prêt à prendre des notes.
– Jenny est photographe pour un magazine de mode, répondit Léa.
– Et Sophie est mannequin, ajouta Carlota en lui jetant un regard noir.
– Vous délirez complètement ! enragea Sophie, exaspérée. Vous réfléchissez comme des mollusques. Je n'ai pas un Q.I. hyper-élevé, mais celui qui a orchestré tout cela doit bien rigoler, à l'heure qu'il est ! Il doit se dire que vous êtes tellement abrutis que vous pourriez vous débarrasser

d'Anne-Marie vous-mêmes. Il n'aura même pas à se salir les mains. Bienvenue chez les collabos !
– On n'a jamais dit qu'on voulait nuire à Anne-Marie, mais on vient d'apprendre que c'est une fugitive et qu'elle a commis un acte horrible. On devrait réagir comment ? En lui tapant dans la main et en la félicitant ? s'offusqua Romain.
– J'ai pas dit ça ! Mais vous tous ici, vous pensez vraiment que vous valez mieux ? Si vous êtes enfermés dans ce sinistre manoir, c'est sûrement pour une bonne raison. Que caches-tu, toi, gros biscotos ? Tu es à la tête d'un réseau de stups qui font pousser les biceps, c'est ça ?!

Sophie sortit une bouteille de vin blanc vide de sous son gilet. Elle tituba vers le buffet et ajouta :

– Vous m'emmerdez tous, bande de bien-pensants ! Je vais aller dormir, jusqu'à ce qu'on me tue ou que ce foutu portail s'ouvre. En attendant, je refuse de continuer à écouter vos conneries !

Elle attrapa son manteau de fourrure et s'allongea sur le gros canapé Louis XVI du petit salon de réception, déposa le vêtement sur ses épaules et ferma les yeux.

Le silence fut brisé par la voix de Gunther.

– Elle n'a pas tort. Nous sommes pris au piège d'un jeu malsain et nous devons comprendre, et vite, si la délation joue en notre faveur ou si, au contraire, il vaudrait mieux nous soutenir les uns les autres. Nous avons déjà eu deux messages. D'autres sont à venir, soyez-en sûrs.
– Je pense avoir compris, dit Nyls.

– Ah oui ? interrogea Nadia.
– Tout le monde ici a commis un méfait plus ou moins important, et pour chacun, il y a une personne qui en a été témoin. Peut-être notre honnêteté est-elle rétribuée : si vous balancez ce que vous savez, alors vous serez sauvés.
– Donc, toi, tu serais le gentil petit agneau qui a permis de retrouver la coupable de l'accident ? réagit Anne-Marie, furieuse.
– Je ne sais pas, c'est une hypothèse.
– Et quid des méthodes de hacking que tu as utilisées pour arriver à tes fins ? N'es-tu pas toi aussi coupable d'une infraction ? souleva Nadia, le regard noir.
– Non, mais là, c'est différent ! Je n'ai nui à personne ! J'ai juste fait mon travail, se défendit Nyls, visiblement inquiet à l'idée que la situation se retourne contre lui.

John s'avança et tendit son poing fermé. Lorsqu'il l'ouvrit, les invités découvrirent tous les petits morceaux de serviette qu'il avait découpés un peu plus tôt dans la soirée.

– Je pense qu'il est temps que nous jouions au jeu de la vérité anonyme. Si quelqu'un a quelque chose à dire, qu'il le fasse maintenant.

Chapitre 47

– Que se passerait-il s'ils découvraient les liens qui les unissent ?
– À ce stade et au vu de leur comportement, je ne m'en fais pas. C'est une bande d'enfants capricieux et égoïstes. Ils n'ont même pas cherché Hélène. Ils n'ont aucun esprit de solidarité. Cela démontre bien que nous avons sélectionné leurs profils avec attention. Ils méritent d'être là.
– Et le troisième message, quand comptez-vous le diffuser ?
– Je voudrais les laisser penser qu'ils reprennent le contrôle sur nous, avec leur petit jeu de morceaux de serviettes. Ensuite, je lancerai le feu d'artifice. Faisons durer le plaisir…

Chapitre 48

Manoir d'Oackland, minuit dix.

– OK, mais il est hors de question que j'écrive avec le risque qu'à tout moment, un invité lise par-dessus mon épaule. Je propose qu'on se disperse et que chacun dépose ensuite son papier dans le saladier vide.
– Bonne idée, valida Pierre. Ça permettra aussi de refaire un tour dans le manoir et de voir s'il y a de nouvelles pistes à explorer.
– Je ne traînerai pas dans cet endroit, dit Jenny, blême.
– Tu préfères rester ici, avec ton amie Sophie qui ronfle sur le sofa ? réagit Gunther. Partons tous dans un coin du bâtiment et retrouvons-nous ici dans vingt minutes. Il sera minuit trente pile. Si vous avez le moindre souci, criez en indiquant l'aile dans laquelle vous vous trouvez. Je propose que chacun aille dans une zone différente de la première fois, au cas où des détails auraient échappé au duo qui s'y était rendu en repérage.
– Comment peut-on procéder ?

– Décalons-nous vers l'aile opposée : si vous étiez au nord, allez au sud ; si vous étiez à l'est, rendez-vous côté ouest. C'est clair pour tout le monde ?

Toutes les mains validèrent la consigne en attrapant un des stylos Lux'Auto que John avait sortis par dizaines de son attaché-case quelques instants auparavant. Les corps fatigués et inquiets se dispersèrent, tandis que Sophie se retrouvait seule dans la grande salle.

Éric et Léa. Rez-de-chaussée, aile nord.

Éric s'avança dans le couloir long et interminable. Il effleurait les tableaux d'époque, sentant sous ses doigts le grain de la peinture, lorsqu'il fut dépassé par la môme. Celle-ci se mit en travers de son chemin et le stoppa net dans son élan, l'œil menaçant.

– Alors, Sergio Ramos ! Tu as quelque chose à me dire ?

Éric fronça les sourcils, attrapa la jeune fille par le revers de la veste et, tout en jetant un œil derrière lui afin de s'assurer que personne n'avait rien entendu, chuchota :

– Qu'est-ce que tu racontes, petite fouineuse ?

– Tu nies, en plus ? Écoute, je ne sais pas qui tu es, mais tu n'es pas net. J'ai l'habitude des gens malhonnêtes, tu sais. C'est mon quotidien et…

Elle sortit un objet de sa poche. Éric se jeta pour le lui arracher, mais Léa fut plus rapide et recula d'un bond. Menaçante, elle déclara :

– Encore un mot, et je hurle…

Elle fit tourner la fausse carte d'identité entre ses doigts. Il y figurait le nom « Ramos ».

– Comment as-tu trouvé ça ? s'enquit-il, tentant d'étouffer sa colère.
– Tu devrais être plus prudent avec tes affaires, Ramos. Ta veste, c'est un hôtel… On y entre et on en sort comme on veut.
– Rends-la-moi, sale voleuse !
– Sûrement pas ! Tant que je ne sais pas qui tu es et de quoi tu es capable, je la garde. D'ailleurs, tu ne m'en voudras pas, mais je vais te laisser finir la visite tout seul. Je n'ai aucune confiance en toi. Je retourne dans la salle commune.

Elle bondit en direction de la porte d'entrée en le bousculant au passage, puis se retourna et lui balança :

– Méfie-toi. N'essaie pas de me la faire à l'envers. Je ne suis pas dupe, alors si tu veux que ton secret reste bien gardé, sois obéissant.

Le front luisant, Éric ne répondit pas et, furieux, s'enfonça dans la noirceur du couloir.

Gunther. Rez-de-chaussée, aile sud.

Gunther s'avançait prudemment dans les couloirs ; la temporisation des lumières automatiques du manoir était stressante. Il redoutait les quelques secondes qu'il leur fallait pour s'allumer, le laissant en proie à un potentiel danger. Il avait beau faire semblant de ne pas avoir peur, il était terrifié. Il ne cessait de se demander pourquoi il avait tant insisté pour venir à ce gala de charité.
Il ouvrit la dixième porte fermée et décida de changer de stratégie : il s'assit et attendit de voir si un bruit suspect le mènerait vers quelque chose ou quelqu'un…

Pierre et Nadia. Rez-de-chaussée, aile est.

Pierre réajusta ses lunettes carrées et tenta de ne pas loucher sur les fesses de Nadia, qui avançait d'une démarche chaloupée et désinvolte en direction du couloir.

– J'ouvre les portes de gauche, toi celles de droite, ordonna-t-elle sans même le regarder.

Il aimait les femmes de caractère comme elle. Il observait sa peau ébène et s'imaginait déjà en train de la déshabiller. Elle n'avait pas de bague au doigt, et vu son style vestimentaire, il se demandait si elle ne cherchait pas uniquement des relations légères. Célibataire depuis si longtemps, lui aurait aimé profiter de ce temps perdu pour la charmer, mais visiblement, elle n'était pas d'humeur. Il tenta tout de même une approche :

– Dommage que pas une seule de ces chambres ne dispose d'un lit. On aurait pu s'occuper…

Il n'osait même pas regarder dans sa direction, mais sa réponse le surprit tellement qu'il en perdit ses mots :

– Chéri, pas besoin de lit. Pour cinq cents balles, je te fais ça ici, dans le couloir.

Nyls et Jenny. Rez-de-chaussée, aile ouest.

L'ampoule du fond du couloir grésillait et donnait au lieu un aspect lugubre qui fit frissonner Jenny.

– Est-ce que c'était la première fois que tu faisais ça ? Je veux dire, hacker pour retrouver un fugitif… c'est dément ! Tu es un peu le Robin des Bois de ce manoir.

Nyls rougit en sentant le regard de Jenny fixé sur lui. Cette fille avait l'air collante et mal dans sa peau, il avait l'impression qu'elle le draguait.

– Tu peux essayer d'ouvrir ces portes, là-bas ? Je vais tenter d'en enfoncer une à coups d'épaule. Peut-être que nous trouverons quelque chose.

Jenny s'exécuta, déçue et vexée par l'indifférence dont le beau blond faisait preuve.

– Toujours rien ici, aucune n'est ouverte.

– Attention à toi, dit-il en barrant sa poitrine à l'aide de son avant-bras.

Elle recula et Nyls prit de l'élan. Son corps percuta si fort l'épais bois de chêne qu'il tomba à la renverse immédiatement, de tout son long et en hurlant de douleur. Jenny, apeurée par son cri, hurla également. Elle s'avança et constata les dégâts : le choc lui avait démis l'épaule.

– Oh, mon Dieu ! Mais tu t'es luxé l'épaule ! s'écria-t-elle en voyant l'orientation bizarre de son bras sous sa chemise blanche.

Nyls gémit, mais se releva en se tenant le bras. Il serra les dents et répondit, blême :

– C'est rien, nous allons la replacer. Aide-moi à me relever.

Jenny épousseta son pantalon noir, transpirante, prête à intervenir, lorsqu'elle entendit une voix masculine provenant de la pénombre derrière elle :

– Ne bougez plus !

Éric. Rez-de-chaussée, aile nord.

Éric avançait depuis quelques minutes dans le dédale de couloirs, en inspectant chaque porte, mais en évitant les détecteurs de mouvements qui déclenchaient les lumières du plafond. Il avait l'habitude de se fondre dans le décor, d'observer les lieux, les pièges, les installations.

Il rampait discrètement au sol et ne se relevait que lorsqu'il atteignait une porte, pour lentement vérifier la poignée, d'une main longeant le mur. Il était lent, mais au moins, on ne pouvait pas le repérer. Il s'inquiétait de ce que cette sale gamine pourrait faire avec sa fausse carte d'identité. Tous ignoraient qui les tenait prisonniers : et si c'était le patron du casino ? Il y avait une mafia puissante derrière l'établissement, et si les gérants apprenaient qu'il s'y rendait et magouillait sous une fausse identité, il était foutu. Ils le tueraient, pour sûr.

Il se dirigeait vers la porte suivante lorsqu'il entendit du bruit. Des chuchotements discrets, mais bien réels. Il écarquilla les yeux et épongea discrètement son front en sueur. Les murmures venaient de la porte devant laquelle il se trouvait. Les voix n'étaient pas assez audibles pour qu'il comprenne ce qu'il se disait. Il allait devoir entrer par surprise. Et si ces personnes étaient armées ? Il ne fallait pas qu'il y pense. Il n'avait que cette chance de pouvoir les prendre au dépourvu et il devait en tirer profit.

Il se leva d'un bond et se jeta sur la porte, qui était déverrouillée. Lorsqu'il pénétra dans la pièce, le visage qu'il découvrit le fit stopper net. Il ne comprenait pas. Qu'est-ce que cette personne faisait là ? Son cerveau n'eut pas le temps d'y réfléchir plus longuement : il sentit quatre bras musclés l'attraper par-derrière pour le menotter.

Jenny et Nyls. Rez-de-chaussée, aile ouest.

Jenny poussa un cri de frayeur, mais s'interrompit lorsqu'elle reconnut le visage de Gunther.

– Ne bougez plus ! répéta-t-il. Ton épaule est luxée, il faut la replacer, ordonna-t-il calmement à Nyls.
– Comment on fait ? demanda Jenny.
– J'ai l'habitude de soigner ça... Lors de mes déplacements humanitaires, j'accompagne toujours des médecins dans des conditions extrêmes. On apprend vite à se débrouiller seul dans ces situations !

Nyls sembla soulagé de voir Gunther et de ne plus être seul avec Jenny. Lorsque le dandy défit le bouton de son gilet de costume et qu'il s'agenouilla près de son épaule, le hacker sut qu'il allait avoir mal. Il attrapa la main de Jenny et la serra fort.

– OK. Tu es prêt ? Je vais faire une manipulation classique. Ça ira vite, ne t'inquiète pas. Ce n'est pas douloureux, tu ne sentiras rien, dit Gunther en installant son pied dans le creux des aisselles de Nyls.
Le visage de celui-ci se relâcha au moment où Gunther tira fermement, mais avec douceur, sur son bras. Le grand blond émit un léger cri, de surprise plus que de douleur. Il semblait avoir retrouvé un semblant de mobilité ; il faisait tourner lentement tourner son épaule en se massant les muscles.

Gunther souffla et se redressa. Il tendait une main à Jenny pour l'aider à faire de même lorsqu'ils entendirent un cri féminin perçant, provenant de l'aile est.

– Qui est-ce ? hurla Jenny, pas encore remise du précédent drame.
– On dirait Nadia, répondit Gunther. Jenny, accompagne-moi ! Nyls, ne bouge pas. Tu n'es pas en état.

Affolée, Jenny courut derrière Gunther, sans savoir quelle utilité elle aurait, elle, la petite femme boulotte, peureuse, incapable de se défendre. Mais son instinct de survie lui soufflait de courir et de courir encore.

Ils traversèrent toute l'aile ouest, puis le grand hall du manoir, pour foncer vers l'aile est.

Le dandy se tourna et s'adressa à Jenny :
– Accompagne-moi sur place. Si les choses tournent mal, tu repartiras en sens inverse et préviendras les autres, OK ?

La blonde, paniquée, répondit par l'affirmative en hochant la tête.

Les cris se faisaient de plus en plus forts et il semblait qu'une bagarre avait lieu. Ils pouvaient entendre l'écho de gifles. Mais qui étaient ces gens qui jouaient avec leur nerfs ?

À minuit vingt-trois, ils débouchèrent dans le couloir allumé de la partie est du manoir, où ils tombèrent nez à nez avec Nadia, nue, gémissant de façon exagérée en réponse aux grands coups de reins que Pierre lui donnait par-derrière.

– Quoi ? Vous êtes sérieux ? hurla Jenny en s'avançant, folle de rage, et en frappant Pierre à l'épaule. On est en train de risquer notre vie, et vous, vous baisez sans scrupule ? Vous imaginez la peur qu'on a eue ?

Pierre ralentit légèrement la cadence, frustré, mais fut éconduit par Nadia, qui le repoussa vivement avant de chercher ses vêtements éparpillés au sol.

– Il faut bien s'occuper, dit-elle en renfilant sa tenue de cuir.

Elle se tourna ensuite vers le quinquagénaire transpirant et lui glissa :

– La passe est quand même due, mon grand !

Les quatre invités regagnèrent en silence la grande salle de réception, comme le faisaient les autres convives, pour le compte rendu prévu à minuit trente.

John prit la parole, tentant de diriger le groupe, comme à son habitude.

– Allons-y, débriefons.
– Attendez, il manque encore des gens.
– Oui, c'est vrai, dit Jenny. Où est passé Nyls ? On l'a laissé tout seul dans l'aile ouest. Il n'est pas revenu ?
– Éric n'est pas là non plus ! ajouta Anne-Marie, inquiète.
– Bon sang ! Qu'est-ce qui s'est passé ? réagit John.
– Romain, Gunther, John, suivez-moi. Fouillons l'aile ouest pour essayer de les retrouver. Les autres, attendez ici. Ne bougez sous aucun prétexte, leur intima Marco.
– Je voudrais aller aux toilettes ! s'exclama Anne-Marie, visiblement ennuyée.
– Nous ne nous déplacerons plus qu'en groupe désormais, il faudra que tu patientes un peu.
Anne-Marie soupira, frustrée, et s'affala sur le canapé du petit salon, ce qui eut pour effet de réveiller Sophie. Celle-ci ouvrit un œil, visiblement de très mauvaise humeur.

Les quatre hommes disparurent et les convives restants se fixèrent en silence. Jenny jeta un regard panoramique sur les cinq personnes encore présentes dans la pièce : Nadia, évoluant dans le milieu de la nuit et monnayant son corps ; Pierre, personnage mystérieux, mais assez tordu pour penser à faire l'amour dans ces conditions ; Léa, jeune fille instable, clairement pas fiable ; Sophie, certes très belle, mais totalement inutile depuis le début ; Anne-Marie, la reporter blonde qui avait pris la fuite après avoir renversé un adolescent ; et Carlota, qu'elle trouvait tout simplement insaisissable. Qui étaient-ils tous ? Qui les avait choisis ? Et pourquoi ?

Elle n'eut pas le temps de poursuivre sa réflexion, car le projecteur se ralluma soudainement, montrant à tous les convives la vidéo d'une silhouette lointaine et floue qui, d'une voix faiblarde, avoua : *Ce n'est ni l'âge ni la vie qui m'auront tué, mais la honte.* S'ensuivit un coup de feu, qui continua à résonner dans toutes les têtes après que le mur fut redevenu obscur.

CHAPITRE 49

– Comment avez-vous pu être aussi distrait ? hurla la voix, furieuse.
– Les caméras de détection n'ont pas fonctionné, nous sommes désolés. Nous ne comprenons pas ce qui s'est passé…
– C'est la deuxième fois que cela se produit ! Avez-vous conscience du sacrifice et du temps que cette foutue soirée m'ont demandé ? Vous pensez que je vais la laisser être gâchée par vos erreurs stupides ?

Le jeune homme, honteux, tira sur son tee-shirt *I Love Guatemala* et le fit tournicoter entre ses mains pour évacuer son stress.

– Écoutez, je suis prêt à y retourner. Je pourrais faire en sorte de mieux contrôler nos invités depuis l'intérieur.
– C'est beaucoup trop dangereux. S'ils vous voient, ils vous sauteront dessus pour vous faire parler.
– Je leur dirai que je me suis caché dans le manoir parce que j'avais peur, que je ne sais rien de plus et suis aussi effrayé qu'eux.

L'homme fronça les sourcils et ne répondit plus. Le jeune abdiqua. Il valait mieux se faire petit et ne pas en rajouter.

Chapitre 50

Romain, soixante-douze heures avant le jour J.

Le trépied était posé légèrement en décalage par rapport à l'immense miroir qui occupait toute la façade du dressing, lequel s'étalait sur trois murs. Depuis l'objectif, on pouvait apercevoir la silhouette musclée et dessinée de l'influenceur. Juste derrière lui, un lit *king size* prenait tout l'espace. Une déco néon et des posters NFT décoraient la pièce. La chambre donnait sur l'immense piscine à débordement, encerclée par des palmiers qui protégeaient les baigneurs de la chaleur étouffante de Dubaï.

Romain retira son tee-shirt. Il n'avait pas chaud du tout. La climatisation tournait à plein régime dans son palace, mais il s'apprêtait à tourner une vidéo et sa communauté, principalement féminine, aimait le voir torse nu.

Il se jeta au sol et effectua une cinquantaine de pompes énergiquement.

– Tu es prêt ? demanda son assistante.

– Oui, Jess, merci. Ils sont assez saillants? s'enquit-il en désignant ses biceps.
– Hum… J'ai vu mieux. Refais une série, gonfle-les davantage.

Le beau brun enchaîna sur une série de cent et se releva d'un bond.

– C'est parti! Quoi de beau, aujourd'hui? se renseigna-t-il auprès de Jessica.
– Tu as une crème minceur et des gélules anti-cellulite…
– Ah, génial! C'est ce que je préfère. Ça se vend comme des petits pains. Les gens sont tellement débiles! Ils achètent ça en pensant que ça va RÉELLEMENT fonctionner! Très bien, ça me paiera la construction de mon cours de tennis.

Il éclata de rire et montra du doigt la parcelle de terrain en travaux accolée à la piscine. Jessica leva les yeux au ciel; elle détestait bosser pour ce pauvre type. Elle détestait son boulot, elle détestait savoir qu'elle était, en quelque sorte, complice de toute cette mascarade, mais elle ne savait plus comment s'en dépêtrer. Elle avait signé pour cela, elle qui rêvait d'une vie au soleil, d'approcher et de côtoyer le monde des célébrités. Elle s'était trompée sur toute la ligne. À peine arrivée sur place, l'agence lui avait confisqué son passeport, et voilà des mois qu'elle souhaitait partir, mais elle craignait de demande qu'on le lui rende. Elle savait ce qu'il arrivait aux personnes ingrates. C'était Sarah, une connaissance, qui lui avait parlé de ce bon plan. Elle l'avait croisée plusieurs fois dans le Sud de la France, avant qu'elle ne s'expatrie, et celle-ci l'avait encouragée à tenter l'expérience. De plus en plus d'influenceurs partaient vivre à Dubaï, et l'agence leur attribuait une « nounou ». Sur le papier, ce boulot d'assistante avait l'air si parfait: vérifier que le candidat de téléréalité honore bien ses collaborations, qu'il fasse le buzz – bon ou mauvais –, qu'il ne consomme pas de drogue avant un direct et veille à garder une hygiène de vie irréprochable (chirurgie, faux ongles, barbe, musculature, etc.). Il devait être exemplaire pour que son succès perdure.

Jessica n'avait jamais exercé un tel boulot, mais quand, en ce mois d'octobre, Sarah l'avait recontactée pour l'informer qu'une nouvelle nounou allait être recrutée, elle avait sauté sur l'occasion et démissionné du bar où elle travaillait pour rejoindre cette destination fantasmée.

Les premiers temps, tout avait été incroyable : les sorties, les restaus, la chaleur. Elle avait l'impression de vivre un rêve éveillé. Bien qu'elle trouve la plupart des influenceurs superficiels, elle était heureuse de remplir cette mission légère et facile.

Les choses avaient commencé à se gâter quand elle avait découvert, au fil des jours, l'envers du décor, et notamment la drogue omniprésente, avec les frasques inévitables auxquelles son usage conduisait. Combien de fois s'était-elle retrouvée face à une armée de zombies en boîte de nuit ? Leurs regards étaient comme vides. Il suffisait d'une étincelle – un touriste qui bouscule l'un d'eux par inadvertance – pour que la soirée parte en catastrophe : des bagarres, des déchirements au sein des couples, des insultes. Dans ces moments-là, Jessica ne savait pas comment réagir. Elle ne connaissait rien à ce monde malsain, elle qui ne buvait qu'occasionnellement et n'avait jamais touché aux stupéfiants.

Chaque lendemain de fête, les candidats s'excusaient et promettaient qu'ils traversaient juste une mauvaise passe.

L'agence intervenait et rassurait tout le monde, mais au fil des semaines, Jessica perdait l'envie d'aller au bout de son contrat de deux ans.

Un soir, il y avait eu le débordement de trop. Une des candidates avait giflé une autre et elles en étaient venues aux mains. La soirée avait dégénéré, au point qu'en quelques minutes, elles avaient retourné tout le bar. Des morceaux de verre et des flaques d'alcool jonchaient le sol, les murs étaient maculés de sang. Les deux ennemies s'étaient mutuellement arraché les extensions de cheveux, les vêtements, et l'une d'elles s'était servie de ses très hauts escarpins comme de projectiles. Jessica avait aperçu Sarah hurler, puis celle-ci avait démissionné sur-le-champ. Après cette soirée, Jessica ne l'avait plus jamais revue. Elle commençait à se demander si, comme Sarah, elle n'aurait pas dû faire une demande exceptionnelle de rupture de contrat anticipée. Elle ne se sentait pas bien ici, bien que Romain soit sympathique – ils avaient même couché ensemble un soir, en feignant de ne pas s'en souvenir le lendemain.

– Alors, lequel ?
– Hein ? répondit Jessica, tirée de ses pensées.
– Le filtre ? Je mets lequel ? Celui qui crée un style un peu vintage, ou plutôt celui qui me donne un air plus bronzé ?

Jessica secoua la tête, sonnée.

– Le second. Pour des produits minceur, c'est plus vendeur.

Le jeune homme lança la caméra et commença sa *story* : « Salut à tous, les amis ! Aujourd'hui, j'ai un super BON PLAN à vous proposer ! »

Chapitre 51

Léa se sentait vaseuse et avait l'esprit embué. Elle avait reconnu immédiatement la voix de son grand-père. Quelque chose clochait, mais quoi ? Elle percevait comme un début de réponse en elle, mais elle avait du mal à recoller tous les morceaux. Elle suivit du regard les quatre hommes qui sortaient de la pièce et bondit en direction des effets personnels des invités.

Elle attrapa l'attaché-case de John et en renversa l'intégralité du contenu au sol. Des dizaines de stylos floqués tombèrent, des EarPods ainsi que des cartes de visite Lux'Auto, mais également une feuille de papier. Léa la déplia et lut à voix haute :

« Merci à tous pour ce prix incroyable, qui est le rêve de tout commercial au service de Lux'Auto. Depuis toutes ces années, je n'ai cessé de travailler dur pour atteindre ce niveau de professionnalisme, et cette récompense me touche au plus profond du cœur. Je tiens à remercier mon collègue, Marc, pour son soutien et ses conseils. Merci à tous. »

Léa fronça les sourcils.

– C'est son discours de remerciement. Il pensait vraiment venir à la remise de prix annuelle de sa boîte. Cela le supprime illico de la liste des suspects. Il ne peut pas être une taupe.
– Et s'il avait justement laissé ce papier pour que nous le trouvions ?! demanda Jenny.
– Tu es parano, renchérit Léa. Je ne pense pas qu'il soit derrière tout ça. Continuons les investigations là où on les avait laissées !
Elle attrapa le sac à main rose de Nadia et en sortit un porte-monnaie léopard. Tous les regards se tournèrent vers la strip-teaseuse.
Léa en vida le contenu : quelques préservatifs, une carte d'identité et de la monnaie.
– Tu es née à Dakar ? demanda Léa en scrutant le document.
– Oui, je suis originaire de là-bas, répondit Nadia calmement.
– Depuis quand es-tu en France ?
– Bientôt dix-huit ans.

Par acquit de conscience, Léa vérifia chaque poche de chaque sac, et fouilla même la housse de transport de l'instrument de musique – appartenant a priori à Annah –, restée posée contre le mur depuis la disparition de la jeune fille. Elle ne trouva rien qui lui mît la puce à l'oreille. Elle repensa au visage d'Éric lorsqu'elle lui avait montré sa fausse pièce d'identité. Pourquoi n'était-il pas revenu depuis ? Craignait-il qu'elle balance tout devant les autres ? Pourquoi avait-il préféré rester caché dans le manoir plutôt que de prendre le risque qu'elle la montre ? Sa main glissée dans sa poche jouait avec la carte d'identité de Sergio Ramos ; elle la faisait tourner dans tous les sens tandis qu'elle réfléchissait et essayait d'assembler les pièces du puzzle qui se dessinait sous ses yeux. Quelque chose lui échappait, mais elle ne comprenait pas quoi. Qui étaient tous ces gens ? Étaient-ils tous malveillants ? Était-elle en danger ? Elle jeta un coup d'œil autour d'elle et songea à chacune des invitées encore présentes : Sophie, la mannequin scandaleuse ; Pierre, le quinquagénaire effacé ; Carlota, la brune incendiaire, Jenny, la photographe peureuse, Nadia la strip-teaseuse et Anne-Marie, la blonde un peu coincée. Quant aux quatre hommes – John, Marco, Gunther et Romain –, elle ne savait pas quoi penser d'eux. Mais elle n'arrivait pas à concevoir qu'ils aient pu tuer les quatre personnes disparues. Elle frissonna à l'idée de ce décompte et décida d'aller se servir à boire pour chasser ces pensées morbides. Après tout, ils n'avaient aucune preuve que quelqu'un était mort. Peut-être était-ce le fruit de leur imagination. Peut-être leurs camarades avaient-ils tout simplement été plus intelligents qu'eux et avaient-ils réussi à sortir. Elle avala sa flûte de champagne d'un trait en fixant l'entrée de la salle commune, comme si les quatre garçons allaient passer la porte d'une seconde à l'autre, accompagnés de Nyls et d'Éric.

CHAPITRE 52

– Un quart des invités a désormais disparu, et pourtant, aucun d'eux n'a su faire preuve d'authenticité et de transparence. Ils se cramponnent à leurs secrets comme la misère sur le pauvre monde. Ce que l'être humain peut être dégoûtant et vicieux ! Nous allons augmenter la tension d'un cran avec la troisième vidéo.

– Êtes-vous sûr que ce soit le bon moment ?

– Faites ouvrir la porte de l'infirmerie, je mets ma main au feu qu'ils en auront besoin.

– Très bien, dois-je attendre le retour des garçons dans la salle commune ?

– Non, au contraire. Lorsqu'ils y reviendront et découvriront le niveau d'alerte, puis que les autres comprendront, dans le même temps, qu'ils ne reverront pas Éric et Nyls, cela créera une onde de choc, de panique et de violence sans fin. Lancez le magnéto.

Chapitre 53

Les quatre hommes déambulaient en silence à travers le manoir. Ils avaient exploré l'aile ouest dans son ensemble et n'avaient trouvé aucune trace ni de Nyls ni d'Éric ; ils avaient alors entrepris de ratisser toutes les parties de la demeure.

Les poignées s'abaissaient bruyamment tandis que les mains tentaient d'ouvrir brusquement chacune des portes. La fouille fut décevante, jusqu'au moment où le groupe arriva dans l'aile sud : une grande pièce, auparavant fermée à clé, était désormais entrouverte. Deux portes massives en bois décoré de moulures tapissaient et barraient le fond du couloir.

– C'est Éric qui a parcouru cette aile ! Et il nous a affirmé qu'aucune porte n'était ouverte ! s'écria Gunther, visiblement perturbé par ce changement.
– Quelqu'un nous épie et joue avec nos nerfs. On veut nous faire entrer ici, alors allons-y, proposa Marco.
– Attendez ! s'exclama Romain en empêchant Marco d'avancer, une main sur son torse. Et si c'était un piège ?

– Notre présence ici est déjà en soi un piège! répondit Marco en repoussant le bras du bodybuilder. Si vous ne voulez pas venir, restez ici, j'irai seul.

Le beau brun avança sans se retourner et s'élança vers les deux portes, qu'il ouvrit en grand. Les trois hommes qui étaient restés à l'écart se regardèrent furtivement et lui emboîtèrent le pas. Une douce musique classique s'élevait des hauteurs de la pièce. Ils s'approchèrent davantage pour découvrir ce qui s'y trouvait. John poussa un cri :

– Mais qu'est-ce que c'est que ça ?

Chapitre 54

Sophie était réveillée depuis peu, et de très mauvaise humeur. Elle n'était pas dans le bon *mood* pour parler avec les autres convives et son estomac criait famine. Aussi, elle décida de s'avancer vers la bibliothèque, qui occupait tout le mur du fond de la grande salle de réception.

Elle longea les étagères et passa ses doigts sur les livres reliés en cuir, cherchant un roman qui pourrait l'aider à passer le temps.

Elle survola les sections « Histoire de France », « Théâtre », « Gastronomie », « Traités politiques », et stoppa net en atteignant le rayonnage étiqueté « Biographies », où elle aperçut un ouvrage portant sur le duc d'Oackland. Quitte à macérer dans cet endroit épouvantable, autant apprendre à connaître son propriétaire. Elle attrapa le livre et entreprit de le parcourir en diagonale. Elle sauta les passages concernant les prémisses de la vie du châtelain et commença vraiment la lecture à partir du chapitre décrivant son arrivée en France :

« Le duc d'Oackland, héritier d'un empire familial lourd de tragédies et de trahisons, décida de s'exiler en France en 1950, avec son épouse et leur jeune fils, et racheta un manoir abandonné pour une bouchée de pain à des rentiers qui ne souhaitaient pas le réhabiliter. Il consacra sa vie à restaurer ce joyau d'architecture et à le moderniser : installations électrique et informatiques furent intégrées au lieu, fondues dans le décor. Le mot d'ordre du duc ? Préserver le charme de la demeure tout en y associant le confort de la modernité. Plus tard, son fils unique poursuivra cette noble tâche, le manoir étant aujourd'hui à la pointe de la technologie. Le petit plus se trouve dans ses pièces secrètes : un home cinéma s'étalant sur plus de 100 mètres carrés, un spa privatif avec une piscine chauffée, un hammam et un sauna. À la mort de sa femme, en 1954, le duc d'Oackland père ne sortit plus de sa propriété, ne croisant que ses domestiques et son enfant, à l'occasion. Dans ses Mémoires, il indique qu'il se considérait comme misanthrope, et qu'il retrouvait ce trait de caractère chez son fils. »

Sophie sourit à la lecture de cet extrait. Elle ne connaissait ni le père ni le fils, mais elle compatissait : elle non plus n'aimait pas les gens. Enfant battue et dénigrée toute sa vie par son père, elle n'avait pu s'extraire de son malheur qu'à 17 ans, lorsqu'elle avait découvert le pouvoir de sa beauté sur les hommes. Il suffisait qu'elle cligne des yeux et le monde lui ouvrait ses portes. Malheureusement, le milieu du mannequinat était féroce et elle devait défendre sa place bec et ongles. Satisfaire les désirs sexuels de ceux qui décidaient de son destin, entre casting et piston, et garder à distance les personnes qui pourraient mettre un terme à sa carrière.

Elle serra le livre contre sa poitrine et retourna s'installer confortablement dans le canapé en velours pour continuer sa lecture.

Chapitre 55

– Les profils les plus agressifs et les plus durs sont aussi les plus sensibles. Vous remarquerez qu'il s'agit là simplement d'un mécanisme d'autodéfense. Il n'y a pas de volonté de nuire, seulement celle de se protéger. On mord avant d'être mordu. Les plus dangereux sont ceux qui ont un parcours lambda, sans cassure ou souffrance réelles, et qui distillent le mal par pur plaisir sadique.

CHAPITRE 56

John se rua au centre de la pièce, où une table pour onze était dressée. Il frissonna. Les assiettes en porcelaine et les verres de cristal étaient alignés minutieusement, c'était comme si une petite fille avait installé une dînette pour ses poupées. Il s'approcha davantage et découvrit de petites boîtes dorées portant le nom de chaque convive.

– Qu'est-ce que c'est que ça ? demanda-t-il.
– Ouvrons-les, répondit Gunther.
– Ne vaudrait-il pas mieux aller chercher les autres avant de le faire ? interrogea Romain.
– C'est sûrement quelque chose de compromettant, dit Marco. Je suis d'avis de les ouvrir tout de suite afin de savoir à quoi nous attendre.
– Non, soyons intelligents. C'est peut-être un piège. Si nous les dépaquetons, nous nous exposons, et Dieu sait ce qui pourrait nous arriver. Attendons d'être groupés, j'ai un mauvais pressentiment, dit Gunther.
– OK, approuva Marco. De toute façon, ça m'est égal, je n'ai rien à me reprocher et je meurs de faim, ajouta-t-il en désignant le pain tranché dans les corbeilles ainsi que les

soupières remplies, très appropriées au contexte, avec le battement incessant de la pluie qui les suivait partout.

CHAPITRE 57

– ATTENDEZ! Ne lancez pas le magnéto, finalement. Laissons-les se regrouper dans la salle de dîner, ça n'en sera que plus festif. Je crains que la faim ne joue en notre défaveur, dans ce cas précis. Qu'ils dégustent leur repas, nous agirons plus tard.

Le jeune homme imberbe releva son doigt du bouton et essuya une goutte de transpiration coulant sur son front.

Chapitre 58

Les quatre garçons retournèrent dans la salle de réception, l'air penaud, sans Nyls ni Éric. Jenny fut la première à le relever :

– Vous n'avez rien trouvé ?

Aucun ne prit la peine de répondre. Marco déclara :

– Il faut que vous voyiez quelque chose, suivez-nous.

Le petit groupe resserra les rangs et avança en silence à travers le manoir. Arrivés dans la salle de dîner, les convives découvrirent le repas servi. Malgré la fatigue, la peur et l'incompréhension, le soulagement se lisait sur leurs visages souriants. Chacun s'attabla et trouva la boîte nominative posée près de son assiette.

John se leva et lança :

– Nous n'avons rien touché, nous avons préféré vous attendre. Je propose de voter pour que chacun puisse conserver secret le contenu de sa boîte s'il le désire.

– Hors de question ! hurla Jenny. Si quelque chose incrimine les gens qui sont assis à mes côtés et respirent le même air que moi, alors je veux le savoir !
– Je suis d'accord avec elle, renchérit Gunther. Nous ne pouvons plus faire l'autruche, nous devons comprendre ce qui nous unit.
– Qui commence ? demanda Carlota, un sourire espiègle aux lèvres.
– Moi ! répondit Nadia d'une voix assurée.
Elle brisa lentement le sceau à la cire qui protégeait la boîte, tandis que quelques ventres affamés se servaient de la soupe silencieusement. À l'intérieur, beaucoup de papier de calage de soie, et au milieu, un papier de transfert jaune transparent.

– C'est un récépissé Western Union, analysa Pierre.
– J'envoie régulièrement de l'argent à ma famille, à Dakar, dit Nadia sans sourciller. À qui le tour ?
– Une analyse de sang au nom d'une certaine « Audrey Dubreuil », répondit Romain après avoir découvert le contenu de la sienne.
– Qui est cette fille ?
– Aucune idée ! répondit-il, sur la défensive. Je n'ai jamais entendu ce nom auparavant !
– Pourquoi n'as-tu pas de boîte, toi ? demanda Carlota à Anne-Marie.
– Je n'en sais rien, peut-être parce que les pires crapules se cachent parmi vous, lâcha-t-elle, le regard empli de colère.
– Continuons, reprit Gunther pour calmer les esprits.

Il ouvrit la sienne et y découvrit une seringue dans une enveloppe stérile. Tout le monde se tourna vers lui, l'air suspicieux.

– Ce n'est pas du tout ce que vous croyez ! Je ne me drogue pas. Ce sont les seringues des vaccins que nous apportons aux villages durant nos opérations de secours. Cela fait sans doute référence aux voyages humanitaires que l'association finance plusieurs fois par an, dit-il.

John se lança à son tour et montra à toute la tablée les papiers reçus :

– Un contrat de vente au nom de Reniaud. Rien de fou. À qui le tour ?

Carlota sortit de sa boîte un plateau en laiton doré suspendu par des chaînes. Elle tourna l'objet dans ses mains et déclara solennellement :

– Il en manque un morceau.
– Qu'est-ce donc ? réagit Léa, curieuse.
– C'est une balance de justice. Je pense que c'est en lien avec mon mari, il est avocat.
– Pourquoi en manquerait-il la moitié ?
– Je n'en ai aucune idée… répondit la brune, songeuse.

Quand ce fut à elle, Sophie découvrit un fin papier blanc, plié plusieurs fois sur lui-même. Elle ne prit pas la peine de le défaire et le jeta au centre de la table. Marco l'attrapa.

– C'est une notice de médicament. Des dragées Fuca. Qu'est-ce que c'est ?
– Ah, mais je connais ! répondit Romain en explosant de rire. C'est un médoc qui te file la diarrhée !

– Je comprends comment on garde la ligne, ma belle, lança Jenny, moqueuse.
– Qui n'a pas encore ouvert sa boîte ? recadra John.
– Léa, Jenny, Marco et Pierre.
Les quatre derniers convives descellèrent simultanément leurs boîtes :

– Un tee-shirt noir, dit Léa, l'air las.
– Qu'a-t-il de particulier ? demanda Nadia.
– Rien du tout, et il y a encore l'antivol dessus…
– Un ticket pour une pièce de théâtre, déclara Marco.
– Oh… Moi aussi, indiqua Jenny.
– Comment ça ? questionna Carlota. Vous avez le même indice ?
– Oui, répondit Jenny, blême.

Il ne restait plus que Pierre, qui déplia le document qu'il avait entre les mains et lut à voix haute :

« Attestation de donation de Mme Medere Germaine Jacqueline, 84 ans, en faveur de M. Medere Pierre Gilles, 59 ans, d'un montant de 100 000 euros. »

– Qu'est-ce que c'est ? s'enquit Sophie.
– Ma mère m'a légué une partie de sa fortune, rien de transcendant.
– Ça, j'ai bien compris, mais pourquoi le maître des lieux veut-il nous le faire savoir ?

Pierre haussa les épaules et se renferma dans un mutisme total. Tous se dévisagèrent, rassurés que les indices soient aussi insignifiants. Ils terminèrent leur repas en échangeant des banalités, dans une ambiance électrique.

CHAPITRE 59

Anne-Marie avait avalé sa soupe sans un bruit. Elle tapota sa bouche avec la serviette posée devant son assiette et remarqua que son prénom y était brodé. Elle fronça les sourcils. Tout ceci était grotesque. Elle se leva et s'excusa auprès des autres hôtes en trouvant un prétexte :

– Veuillez m'excuser, mais j'ai envie d'aller aux toilettes depuis des heures, et clairement, n'ayant ni boîte ni indice, je ne me sens pas concernée par tout ce cirque.
– Tu veux que je t'accompagne ? demanda Nadia.
– Non merci, répondit sèchement la journaliste.

Anne-Marie s'extirpa de la salle de dîner et de son atmosphère glauque, s'avança jusqu'au bout du couloir et s'effondra au sol. Ses crises de panique reprenaient de plus belle. Elle se mit en position antalgique, allongée sur le côté, les jambes repliées en fœtus, et elle entreprit de faire les exercices de respiration que sa psy lui avait enseignés.
En quelques secondes, son ventre se gonfla, se vida et laissa place à une respiration moins saccadée. Elle était à bout de nerfs. Ce manoir la rendait claustrophobe. Elle devait sortir

d'ici, c'était une question de survie. Elle savait qu'elle payait le tribut de sa lâcheté et de son silence, et quelque part, cette situation lui faisait du bien. C'était comme si cette souffrance allégeait sa culpabilité et lui permettait de remettre les compteurs à zéro.

Les compteurs ne seront jamais à zéro, pauvre idiote. Tu as failli tuer ce môme, pensa-t-elle.
Elle se releva et fondit en larmes, s'appuyant aux murs et époussetant sa veste de tailleur noire parfaitement coupée. Elle balaya la mèche de cheveux blonds qui lui barrait les yeux et s'élança dans le couloir lugubre. Elle atterrit dans le grand hall d'entrée. Elle regarda d'un côté à l'autre plusieurs fois avant de choisir sa destination, puis décida de se diriger du côté du premier étage, aile ouest.

Elle vérifia que personne ne la suivait et continua jusqu'au fond de l'aile, puis frappa de toutes ses forces contre une porte en hurlant :

– OUVREZ-MOI ! LIBÉREZ-MOI ! JE VOUS EN SUPPLIE ! QUI QUE VOUS SOYEZ, LAISSEZ-MOI SORTIR !

Elle tomba à genoux dans le couloir désert. Seuls les hoquets et les sanglots venaient perturber le silence glaçant. Soudain, elle entendit un *clic*, et la poignée tourna.

Anne-Marie leva la tête et une voix masculine résonna :

– Suivez-moi.

Chapitre 60

Marco avait un regard fermé et froid. Sourcils froncés, il était pensif. Jenny l'observait du coin de l'œil. Pourquoi avait-il cet air si dur ?

– Qu'y a-t-il, Marco ? Ça ne va pas ? lui demanda-t-elle.
– Anne-Marie se fout de nous. Voilà plus de cinq minutes qu'elle est partie. Elle ne reviendra pas.

Toutes les têtes se redressèrent et le bruit de couverts que l'on pose retentit.

– Comment ça ? hurla Jenny, effrayée.
– Elle ne voulait pas aller aux toilettes. Elle n'y serait pas allée seule, même si elles se situent dans ce même couloir. Elle voulait s'éloigner de nous. Il y a quelque chose qui cloche.

Marco tapa du poing sur la table et se leva, furieux.
– Où serait-elle partie ? demanda Carlota, suspicieuse. Il pleut toujours des cordes dehors et Anne-Marie ne me semble pas être plus courageuse que ça.

– Eh bien, justement. Je m'en vais à sa recherche. Elle manigance forcément quelque chose.
– Je viens avec toi ! s'exclama Jenny en gémissant, apeurée à l'idée de se retrouver seule avec tous ces inconnus.
Marco laissa la porte de la salle de dîner se refermer sur les invités restants puis s'avança sur quelques mètres, avant d'attraper sèchement le bras de sa belle-sœur.
– Combien de fois devrai-je te le dire ?
– Quoi donc ?
– Arrête de me coller. Tu vas leur mettre la puce à l'oreille et ils vont finir par penser qu'on est louches !
– On l'est un peu, non ?
– Tu nous mets en danger, Jenny… Nos indices nous exposent déjà trop. Les autres vont finir par croire que nous sommes des infiltrés, dit-il en relâchant son étreinte et en avançant à pas rapides en direction des toilettes.
– Comment ça, nos indices ? Tu parles des places pour la pièce de théâtre ? C'est ridicule ! Ça n'a aucun sens.
– Bien sûr que si ! Nous avons deux tickets pour une seule et même pièce. Cela signifie que nous sommes intimement liés. Les autres pourraient interpréter ça comme une menace.

Il poussa la porte d'un geste. La lumière automatique s'activa : l'espace était vide. Marco ouvrit successivement les deux toilettes, vides aussi. Il se tourna vers Jenny :

– Reste discrète et cesse de venir me parler autant. On est en danger. Personne ne doit rien savoir. Essaie d'être un peu plus courageuse. Tant que je suis là, il ne t'arrivera rien. Je veille sur nous. Bientôt, nous sortirons d'ici et retrouverons Cynthia. Elle me manque terriblement. Je me rends compte à quel point tout peut basculer rapidement, dans la vie. Si je meurs ce soir, qu'aurai-je fait de bien au cours de mon existence ? À part apporter des problèmes aux gens que j'aime…

– C'est déjà bien de le reconnaître, répondit la petite blonde, pensive. Je peux te poser une question ?

Comme il ne répondait pas, elle enchaîna :

– Penses-tu que je suis quelqu'un de bien ?

Il y eut quelques secondes de flottement. Tournant le dos à Jenny, Marco fuyait la situation. Puis il fit volte-face et changea de sujet.

– Bon, reprit-il, tâchant de noyer le poisson. Nous allons remonter les couloirs du manoir. Les lumières restent allumées environ dix minutes après leur déclenchement automatique, j'ai calculé ça un peu plus tôt dans la soirée. Nous pourrons donc suivre la trace d'Anne-Marie. Les couloirs qu'elle a empruntés seront encore allumés, ça ne devrait pas être compliqué de la filer.

Jenny regardait Marco, les yeux brillants. Quelle chance avait sa sœur d'avoir auprès d'elle un homme aussi fort et ingénieux ! Elle ne lui répondit pas et le suivit dans le dédale de couloirs. Ils arrivèrent dans le grand hall d'entrée et Marco désigna en silence le premier étage éclairé. L'aile ouest l'était aussi. Il allait enfin savoir ce qu'Anne-Marie trafiquait.

Marco grimpa les marches en courant et se faufila dans le couloir de l'aile ouest en ouvrant successivement toutes les portes. Sa mine déçue ne rassura pas sa comparse, restée à l'entrée.

– Elle n'est pas là ? Mais c'est impossible… Tu penses qu'elle fait partie de l'organisation ? Elle nous aurait réellement feintés ?

– Je ne sais pas, mais… commença-t-il, contrarié de s'être fait berner. Refaisons un tour général. Sait-on jamais. J'ai l'impression que ce manoir est comme un labyrinthe, avec des pièces qui bougent et des accès qui se déplacent au gré des envies de notre maître du jeu…
– Regarde! gémit soudainement Jenny en désignant une porte entrouverte, laquelle donnait sur une pièce allumée.
– Recule-toi et reste en retrait, lui dit-il fermement.
Marco s'approcha à pas de loup et poussa la porte d'un coup sec. La pièce ne contenait pas grand-chose : une étagère en acier occupait le mur du fond et accueillait plusieurs trousses d'urgence de couleur rouge. Des compresses, des pansements, des produits désinfectants, des médicaments en nombre avaient été rangés les uns à côté des autres.

– C'est une infirmerie… constata Marco, brisant le silence pesant.

Les deux protagonistes se demandaient pour quelle raison tout ce matériel était mis à leur disposition. Jenny frissonna. Qu'allait-il leur arriver ? Il fallait qu'elle reste avec Marco. La nuit ne serait pas éternelle, et tôt ou tard, leurs proches se douteraient de quelque chose. Quelqu'un s'inquiéterait et on viendrait les sortir d'ici. *Oui, quelqu'un finira bien par venir*, se répétait-elle en boucle pour calmer l'anxiété qui s'emparait d'elle.
– Retournons à la grande salle. Je ne suis pas sûr que nous soyons en sécurité en étant aussi isolés, déclara Marco.
Jenny ne se fit pas prier et lui emboîta le pas tout en s'accrochant à son bras.

Chapitre 61

Anne-Marie, trois semaines avant le jour J.

Anne-Marie ferma les yeux et pleura à chaudes larmes contre le coussin de complaisance que le psy lui avait tendu en début de séance.

– Depuis quand a débuté ce cauchemar ? demanda-t-il d'une voix douce.

La femme hocha la tête de gauche à droite, faisant virevolter ses boucles blondes, et répondit :

– Je dirais un mois maximum… Je ne sais plus quoi faire pour dormir, cela revient chaque nuit. Je suis épuisée, mon esprit n'a aucun répit…
– Et vous n'avez aucune idée de ce que peut représenter cet homme qui vient vous chercher durant la nuit pour vous tuer ?
Elle fixa le mur à droite du spécialiste, le regard dans le vague, et marmonna :
– Non… aucune idée.

– Permettez-moi de faire une simple suggestion, vous en ferez ce que vous voulez. Dans la majeure partie des cas que j'ai rencontrés, ce genre de cauchemar – être tirée du sommeil par quelqu'un qui veut vous assassiner – est un aveu de culpabilité. Voilà mon interprétation. C'est comme si votre inconscient voulait se libérer de quelque chose, et qu'il allait chercher la forme la plus radicale pour cela. Êtes-vous sûre de n'avoir rien à partager… ?

La jeune femme se leva d'un bond et déposa un billet sur le guéridon.

– Ce sera tout pour aujourd'hui, répondit-elle d'un ton sec. Je préfère que l'on s'arrête là.

Chapitre 62

Sophie regardait les autres convives, les yeux pleins de haine. Elle vida le verre de vin rouge qu'elle venait tout juste de se servir et se leva en titubant légèrement :
– Vous ne voyez pas qu'on se fout de nous ? Vous ne voyez pas que certains, ici présents, se jouent de nous ? Vous vous faites vraiment confiance les uns les autres, hein ! lâcha-t-elle avec un rire rauque qui témoignait de son ébriété. Vous me prenez pour une folle nymphomane, mais vous ne savez pas qui je suis !
– Personne n'a dit ça, répondit calmement John. Depuis le début, je pense qu'au-delà de ta beauté, tu es une femme de caractère.
– Toi, ferme-la, pauvre raté ! Tu crois que je n'ai pas sondé ta petite personnalité de loser ? Avec ton costard à trois mille balles et tes chaussures de plouc ! Tu ne m'inspires aucune confiance, et ton indice me paraît bien louche ! Ce contrat, c'est celui de quelqu'un que tu as dû escroquer.
Sophie se tourna et dévisagea le reste des invités, silencieux.
– Et vous, bande de lâches ! Personne ne parle, hein ? Allez, ouvrez votre bouche et racontez-nous à quel point vous

êtes de sombres personnages ! Toi, là, par exemple ! dit-elle en saisissant le poignet de Léa. Qu'est-ce que tu fais ici ?
– Lâche-la ! s'écria Carlota en bondissant. Va cuver ailleurs, tu es pathétique. Tu peux nous juger, mais en attendant, on ne connaît pas non plus la raison de ta présence.
– Justement. Si vous passiez davantage de temps à chercher à quoi servent les indices qu'à vous délecter de votre soupe, on avancerait !
– Commençons par les absents, proposa Gunther, l'air sombre. Ne nous massacrons pas les uns les autres. Marco et Jenny sont partis. Utilisons le temps qui nous est donné pour en apprendre davantage sur eux.
– Les absents ont toujours tort, réagit Nadia, semblant suspicieuse à l'égard du dandy moustachu.
– Il a raison. Reprenons leurs boîtes. Quelque chose me titille depuis le début du repas, reprit Sophie, concentrée, tout en se resservant une lampée de vin.
– Il s'agit de deux tickets d'une pièce de théâtre italienne. Inconnue au bataillon. A-t-elle même existé ? demanda Romain, l'air excédé.
– Donne-nous le titre ainsi que la date, exigea Sophie, peut-être qu'on y trouvera des éléments de réponse.
– Tickets pour l'avant-première de *Il Grande Tradimento*, répondit Romain.
– Quelle est la traduction ? Quelqu'un parle italien ? tenta Sophie.
– Ça se traduirait par *La Grande Trahison*, répondit Carlota.
– Mais… attendez ! intervint Sophie en bondissant vers sa chaise. Je crois que je tiens quelque chose !

Tous les regards suivirent la trajectoire de la belle brune et l'observèrent tandis qu'elle attrapait un grand livre relié, de couleur noire. La mannequin en tourna les pages à la vitesse de l'éclair, jusqu'à ce qu'elle finisse par trouver ce qu'elle cherchait. Alors, s'adressant d'un air satisfait à son auditoire scotché, elle déclara :

– *Il Grande Tradimento*, c'est eux ! *La Grande Trahison* ! Marco et Jenny, ils sont amants !

– Quoi ? s'étonna Carlota, choquée.

– Je me disais bien que ce nom me parlait ! Quand vous êtes partis à la recherche de Nyls et d'Éric, j'ai parcouru les étagères de la bibliothèque de la grande salle de réception, à l'entrée. J'y ai trouvé la biographie du duc d'Oackland, l'ancien propriétaire des lieux. Il aurait plusieurs fois déclaré être devenu misanthrope, car l'humain l'avait sévèrement déçu et trahi. Apparemment, il parlait beaucoup de la fascination qu'il ressentait pour cette pièce italienne du XVIIe siècle, qui raconte l'histoire d'un homme découvrant l'infidélité de sa femme avec son propre frère.

– Avec son propre frère ? Mais quel est le rapport ? répondit Léa, les yeux écarquillés.

– Je pense que le maître des lieux a bien fait son travail et a réussi à trouver une situation similaire : Jenny et Marco ont eu une liaison, répondit Sophie, sûre d'elle.

– Comment peut-elle se taper le fiancé de sa sœur ? questionna Carlota, écœurée.

– Tout le monde n'a pas la chance de vivre le mariage parfait avec un conjoint avocat, répondit Nadia, aigrie.

– Que comptez-vous faire ? intervint Romain pour éviter un nouveau débordement. Les confronter ?

– Bien sûr ! répondit Sophie, les yeux revolver. De toute façon, ils ne sont pas nets. Voilà plus de vingt minutes qu'ils sont partis, et je mettrais ma main à couper qu'ils ne reviendront pas avec Anne-Marie…

La jeune femme n'eut pas le temps de terminer sa phrase. La poignée de la grande porte s'abaissa brutalement.

Chapitre 63

– Il y a du nouveau dans le manoir ! lança Marco en bondissant dans la pièce, suivi de près par Jenny.
– Mais bien sûr, répondit Léa, suspicieuse. Essaie donc de noyer le poisson…
– Qu'est-ce que tu sous-entends ?
– Où est Anne-Marie ? reprit la jeune fille sans laisser le temps à Marco d'en placer une.
– Nous ne l'avons pas retrouvée. Les dernières traces de son passage s'arrêtaient au niveau du premier étage, aile ouest.
– Évidemment, renchérit Sophie. Et donc ? Quelle est cette fameuse découverte que vous avez prétendument faite ?
– Je n'aime pas du tout le ton que tu emploies, rétorqua Marco, visiblement très énervé.
– Et moi, je n'aime pas que l'on se fiche de moi ! Et surtout, je déteste les petites vicieuses comme toi, qui se font passer pour des saintes-nitouches, cracha-t-elle en direction de Jenny, tout en s'approchant d'elle.
– Ne me mêle pas à tes problèmes, Sophie ! Tu ne m'apprécies pas, je l'ai bien compris, mais je n'ai pas à recevoir de reproches infondés juste parce que madame est frustrée.

– Je sais que tu t'es tapé ton beau-frère, balança la mannequin tout de go.
Le visage de Jenny s'assombrit tandis que Marco éclatait de rire.
– Mais tu n'as vraiment que ça à faire, ma grande ? Inventer une vie aux autres ? La seule que j'aie envoyée au septième ciel ici, c'est toi, et ça n'a même pas été compliqué.
La mannequin lui asséna une claque monumentale, à laquelle Marco ne réagit pas. Il recula de quelques pas, puis reprit, comme si de rien n'était :
– Comme je vous le disais, il y a du nouveau au manoir. Une pièce a été rendue accessible. C'est une infirmerie.
– Une infirmerie ? répéta Romain, pas très rassuré. Comment ça ?
– C'est une pièce ne contenant qu'une grosse étagère, avec tout le matériel et les médicaments de premiers secours.
– Ce n'est pas du tout encourageant pour la suite, clama Gunther, les sourcils froncés.
– Je devrais peut-être y retourner, plaisanta Marco en jetant un coup d'œil à Sophie qui, furax, s'était retranchée sur sa chaise, en bout de table.
– Ne joue pas avec le feu, Marco. Si ce petit jeu te fait rire, moi, je ne plaisante pas. Crois-moi, je me vengerai à la première occasion.
– Puisque vous tenez tant à faire tomber les masques, qu'avons-nous donc à apprendre de vos indices, hein ?! Alors, qui se lance ? Toi, Léa, par exemple ? L'antivol accroché à ce tee-shirt a de quoi nous inciter à la plus grande méfiance, n'est-ce pas ?
– Je ne me suis jamais cachée de rien. Je vis en foyer, et on fait comme on peut pour survivre. J'ai appris très tôt à me débrouiller. Mais si j'avais le choix, bien évidemment, je ne ferais pas ce genre de choses.

– Donc, tu avoues très calmement que tu voles quotidiennement ? demanda John, outré et tâtonnant discrètement à l'intérieur de ses poches.
– Je ne t'ai rien volé, ni à personne d'autre ici ! Enfin… si. Peut-être quelque chose qui serait utile.
– De quoi tu parles ? demanda Carlota.
– Éric ! Je le trouvais bizarre, alors quand vous m'avez mise en duo avec lui, j'en ai profité pour lui faire les poches… Je voulais m'assurer qu'il n'était pas dangereux.
– Et tu as trouvé quoi ? s'enquit Romain, impatient.
– Une carte d'identité au nom de Sergio Ramos.
– Qui est-ce ? demanda Jenny, ébahie.
– Lui-même, reprit Léa. Son apparence y est grimée : une moustache et des lunettes. Mais je suis formelle. C'est bien lui sur la photo. Je l'ai confronté lors de notre seconde exploration du manoir, et il n'a pas démenti. Au contraire. Et ensuite, il s'est volatilisé.
– Encore un mystère à résoudre… conclut Gunther entre ses dents. Cette histoire n'a ni queue ni tête. Des gens disparaissent, mais qui est victime et qui est maître-chanteur ?
– Je propose que l'on réunisse tous les indices au centre de la table, pour voir si l'on arrive à les connecter les uns aux autres, dit Marco.
– Bonne idée, approuva Léa.
Tous les invités obtempérèrent. Léa se saisit de la notice qu'avait reçue Sophie et l'écarta immédiatement de son analyse. Quoi qu'elle ait pu faire avec ce truc, ça ne devait pas être trop méchant. Puis elle buta sur le plateau qui avait été attribué à Carlota et relut à la va-vite le ticket Western Union appartenant à Nadia lorsque, soudain, elle eut un déclic. Quelque chose de subtil, de presque non identifiable, se trouvait sur ce bout de papier, sans

qu'elle sache vraiment quoi. Elle le relut, cette fois plus attentivement.

« Amsathou Akissi
19, rue GD-28
Dakar, Sénégal
20054 »

Elle plissa les yeux, tombant de fatigue. Relut encore une fois. *Amsathou, Akissi… Dakar, Sénégal. Amsathou, Akissi, 19, rue GD-28… Sénégal.* Elle sentait qu'elle tenait quelque chose, mais les morceaux du puzzle ne voulaient pas s'assembler. Frustrée, elle se leva pour aller fumer, lorsque tout s'éclaircit.

Elle bondit par-dessus la table et manqua de renverser la vaisselle en porcelaine. Elle se rua sur Nadia et lui décocha un coup de poing si violent que la strip-teaseuse n'eut même pas le temps de réagir. Elle s'étala de tout son long, trébuchant du haut de ses talons gigantesques.
– MEURTRIÈRE ! cria la jeune femme, le visage déformé par la haine.

Chapitre 64

Romain et Marco s'élancèrent les premiers vers les deux jeunes femmes, tentant désespérément de stopper Léa, qui abattait ses poings sur Nadia sans relâche.

Quelques secondes plus tard, elle fut maîtrisée. Sa rivale, recroquevillée sur le sol, cracha un jet de sang.
– Quelqu'un peut m'expliquer ce qui se passe ? hurla Romain.
– Je… suis… si… désolée, bégaya Nadia d'une voix à peine audible.
– C'est elle ! s'époumona Léa, le corps tremblant, entourée des deux énormes bras du bodybuilder. Elle l'a tué ! C'est à cause d'elle que mon grand-père est mort !
– Attends. Qu'est-ce que tu racontes ? demanda Marco posément. Nadia aurait assassiné ton grand-père ?
– Oui ! Après la mort de ma grand-mère, je lui avais créé un compte sur un tchat en ligne grâce auquel il discutait avec des gens un peu solitaires, comme lui. Il nous disait toujours que chaque notification lui donnait l'impression d'être attendu, entouré. Le jour où il s'est donné la mort, je me souviens d'avoir vu apparaître sur son écran, resté allumé, un message de la part d'une personne au pseudo

un peu étrange : « AA 20054 ». D'habitude les personnes connectées portaient des prénoms classiques, Michel, Josette ou bien Maryse. La fenêtre clignotait, je l'ai fermée et n'ai jamais imaginé que cela puisse avoir un lien direct ou indirect avec son suicide, jusqu'à ces quelques images vidéo projetées dans la grande salle de réception. J'ai reconnu la voix de mon grand-père. Mais à ce moment-là encore, je n'ai pas fait la connexion.

– Que disait-il ? risqua timidement Marco.

Léa prit une grande inspiration et répéta les derniers mots de son grand-père : « Ce n'est ni l'âge ni la vie qui m'auront tué, mais la honte… »

Soudain, Carlota se redressa d'un bond et se mit à hurler :

– « *Amsathou, Akissi* 20054. Mais bien-sûr, c'est la contraction de tes coordonnées que tu as utilisées en pseudo AA 20054, pour piéger le grand-père de Léa.

Encore choquée et révoltée, Carlota continuait de pointer Nadia du doigt en criant : « Nadia, pourquoi as-tu fait ça ? »

La jeune femme se releva péniblement et hocha la tête, tentant péniblement de remettre sa perruque droite, en essuyant le sang qui coulait de son front.

– Je suis navrée, Léa… Je ne pensais pas que ton grand-père se suiciderait, répondit de façon presque inaudible Nadia.

– Mais pourquoi a-t-il mis fin à ses jours ? demanda Sophie, horrifiée.

– C'était une période difficile, ma famille manquait d'argent. On s'est mis à faire comme beaucoup d'autres. On a trouvé des profils d'hommes blancs habitant en France avec qui tchatter sur des sites de rencontre. C'est comme ça que j'ai rencontré Joseph, le grand-père de Léa… Il était adorable et solitaire. Il me parlait constamment de sa petite-fille, il l'aimait tellement…

Léa s'effondra au sol, en pleurs. Romain avait relâché son étreinte, mais la gardait à l'œil.
– Il m'envoyait un peu d'argent de temps à autre, mais nous avions besoin de plus. Les temps étaient durs. Alors j'ai commencé un chantage à la *sextape*. J'ai enregistré une session où il se masturbait devant la caméra… Il m'avait fallu des mois pour le convaincre de le faire. Une fois la vidéo obtenue, il s'est trouvé pris dans l'engrenage. Je lui réclamais de l'argent chaque semaine. Au début, il a obéi. Puis, petit à petit, il a prétendu qu'il n'avait plus les moyens, mais je continuais à lui mettre la pression, car nous autres, au Sénégal, nous manquions de tout, y compris de quoi nous nourrir. Je me disais qu'il était blanc et âgé, qu'il devait avoir une bonne retraite et n'était pas autant à plaindre que nous. Un soir, je l'ai prévenu que s'il ne nous payait pas, j'enverrais la vidéo à tous ses contacts, amis et famille…
– C'est à ce moment-là qu'il s'est suicidé ?
– Oui… J'ai constaté qu'il ne répondait plus. Je lui ai envoyé plusieurs messages, mais il ne les lisait pas. J'ai été prise de panique, alors j'ai fermé mon compte et j'ai définitivement arrêté l'arnaque en ligne… Je me suis rabattue sur la prostitution.
Tout le monde scrutait Nadia et Léa, l'air triste et le cœur larmoyant. Deux femmes, deux destinées tragiques. Personne n'osait prendre la parole. Ce fut Léa qui brisa le silence la première en se relevant.
– Je vais sortir griller une cigarette. Un conseil : ne sois plus là quand je reviendrai, balança-t-elle à l'intention de Nadia.
Romain la suivit machinalement, comme pour prévenir une rechute de violence. Lorsqu'ils furent dehors, Nadia demanda à Marco :

– Où se trouve cette infirmerie dont tu parlais tout à l'heure, déjà ?
– Premier étage, aile sud, répondit Marco sans même lui adresser un regard.
– Quelqu'un peut m'accompagner ? demanda Nadia en retirant ses chaussures et en se relevant péniblement
Elle se tenait l'épaule gauche, qui avait amorti sa chute. Le silence total qu'elle eut pour réponse transforma la tension, qui était déjà palpable auparavant, en un rideau de poignards affûtés qui se balançaient au-dessus de la tête des convives.
– Personne ? lança-t-elle, le regard noir. Toi, par exemple, Gunther. Es-tu sûr de ne pas vouloir me venir en aide ? Tu fais dans l'humanitaire, non ? Tu devrais avoir le sens de l'assistance à autrui.
Le moustachu fut frappé par la remarque osée de la jeune femme. Son regard balayant la scène montrait qu'il tentait, en quelques millisecondes, de prendre la bonne décision pour la suite. Il se leva, replaça sa chaise contre la table et déclara :
– Bien évidemment. Un gentleman n'abandonne jamais une femme en détresse.

CHAPITRE 65

Léa sortit du manoir, encore tremblante, escortée par Romain. Elle alluma fébrilement sa cigarette, puis souffla d'un coup sec la fumée qu'elle avait gardée au fond de ses poumons.

– Tu te rends compte ? Tu te rends compte ? répéta-t-elle, la voix chancelante. Mon pauvre grand-père s'est fait manipuler par cette garce… Et il s'est suicidé parce qu'il avait HONTE ! J'ai envie de mourir, maintenant que je le sais. C'était un homme bon. Elle a pu l'attraper dans ses filets parce que la vie ne lui avait pas fait de cadeau. Il avait besoin d'attention et d'amour, et cette salope a abusé de sa confiance. Si je m'écoutais… commença-t-elle en se dirigeant vers l'intérieur.

– Stop ! Arrête, dit Romain d'une voix très douce en lui barrant le chemin. Ça ne vaut pas le peine que tu y retournes, elle a compris la leçon. Désormais, elle devra vivre avec la peur que des inconnus connaissent son lourd secret.

Léa s'effondra en larmes et jeta son mégot au sol sans l'écraser. Tandis que Romain la serrait fort dans ses bras pour tenter de la réconforter, la pluie éteignit les dernières braises récalcitrantes.

– Je ne comprends pas ce que je fais ici, avoua-t-elle, repoussant légèrement l'étreinte du garçon pour capter son regard. Je n'ai ni renversé ni tué qui que ce soit ! Qu'as-tu fait, toi ?
– Je te jure que je suis comme toi. Je ne comprends pas la raison de ma présence.
– Qui est cette femme, celle dont le nom figurait dans ta boîte ?
– Je ne sais pas. Je n'ai jamais entendu parler d'elle… Vraiment… assura-t-il avec un regard de chien battu. Je pense qu'il doit y avoir une erreur.
– La nuit est avancée. Il est possible qu'au lever du jour, nous ayons tous disparu de cette terre. J'ai encore un infime espoir de m'en sortir, mais je ne fais confiance à personne, sauf à toi.

Romain sourit et l'embrassa sur le front.

– Rentrons, car ici, les minutes sont des heures… Qui sait ce qui a pu se produire durant notre absence !

Chapitre 66

Nadia s'appuya sur l'épaule de Gunther et tacha son veston de costard gris. Le dandy moustachu fit mine de ne pas en être gêné et continua d'avancer dans le couloir. Il jeta un coup d'œil derrière lui et emprunta le grand escalier en marbre jusqu'au premier étage, en direction de l'aile ouest. Il attendit qu'ils soient arrivés à l'infirmerie pour chuchoter discrètement à l'oreille de la strip-teaseuse :

– Je n'aime pas du tout ta façon de faire, Nadia.
– Ah oui ? Eh bien, je n'aime pas non plus la tienne. Quand je t'ai vu arriver avec ton carton d'invitation pour un gala de charité, j'ai bien rigolé. Les faux gentils comme toi qui viennent du continent, on les connaît. Quand ton indice est sorti, la seringue, j'ai tout de suite compris que tu ne te droguais pas, et que la vérité était bien plus sordide. Vous êtes le fléau de notre population. À cause de vous, des milliers d'enfants meurent, car ils n'ont pas accès aux vaccins.
– Nous n'en sommes en aucun cas responsables ! répondit Gunther en haussant le ton. Nous sommes simplement un intermédiaire entre l'association et ceux qui souffrent.

– Vous revendez les vaccins à des prix exorbitants. Jusqu'à dix fois le salaire mensuel d'une famille pour une seule dose! Tu as condamné des milliers de petits à mourir, et pour cela, tu mérites de brûler en enfer.
– Il semblerait que si les enfants sont ma cible, pour toi, ce soient les vieillards… lâcha-t-il en s'approchant doucement de son oreille.

Puis il éclata d'un rire tonitruant.

La jeune femme s'éloigna du mur qui la soutenait et se jeta sur le dandy en lui donnant des coups de griffe partout sur le cou et sur le visage. Il eut juste le temps de reculer pour éviter une nouvelle attaque, lorsqu'un déplacement furtif attira son attention. Il repoussa son assaillante d'un geste sec pour échapper à son attaque et courut en direction du grand escalier, où il aperçut la silhouette d'un homme qui s'enfuyait. Il se jeta sur les jambes de l'inconnu, le plaqua au sol, puis frappa un coup franc sur le derrière de son crâne, ce qui eut pour effet de neutraliser sa victime, allongée sur le sol face contre terre.

Gunther se leva, épousseta son smoking puis fouilla les poches de l'homme et en sortit un stylo Lux'Auto.

– Oh, John! Mais pourquoi? La curiosité est un vilain défaut. Dommage, je t'aimais plutôt bien.

Il n'eut pas le temps de finir sa phrase, car le cri perçant de Nadia en provenance de l'infirmerie résonna dans toute l'enceinte du manoir. Gunther se rua de l'autre côté du couloir, laissant le commercial automobile inconscient. Il poussa la porte entrouverte, ralluma la lumière et se retrouva dans une pièce vide. *Comment est-ce possible ? Où est Nadia ?* pensa-t-il, affolé à l'idée que cette garce de strip-teaseuse puisse révéler son secret. Il regarda rapidement autour de lui. *Aucune issue en dehors de la porte principale... Et le couloir est un cul-de-sac. Mais où a-t-elle bien pu disparaître ?* Gunther reprit ses esprits et rebroussa chemin pour aller confronter John et tenter de découvrir ce qu'il avait eu le temps d'entendre de sa conversation avec Nadia. Une fois parvenu devant le grand escalier, il ne retrouva pas le corps de l'homme. Du sang sur le sol témoignait de l'altercation qu'ils avaient eue. Il fit un état des lieux : Nadia avait hurlé à la mort et était portée disparue, et il y avait des traces de sang par terre. Il devait rapidement retourner à l'infirmerie pour trouver de quoi nettoyer tout cela, sans quoi ses camarades soupçonneraient quelque chose. Il n'eut pas le temps de faire marche arrière que tout le monde était déjà en haut des marches et assistait à la scène.

– Qu'est-ce qui s'est passé ? hurla Jenny, affolée.
– C'est quoi, tout ce sang ? s'inquiéta Carlota.
– Pourquoi tu es tout griffé ? Où est Nadia ? surenchérit Léa.

Gunther était pâle ; il déglutit lentement.

– Nous étions dans l'infirmerie avec Nadia quand j'ai aperçu un homme au fond du couloir. J'ai bondi dans sa direction, l'ai attrapé par-derrière, mais il s'est retourné et m'a lacéré le visage et le cou. J'ai perdu le contrôle. Il m'a alors poussé au sol. Je suis tombé et il s'est enfui par là-bas, dit-il en désignant le couloir menant à l'infirmerie. Ensuite,

j'ai entendu Nadia hurler, mais quand je suis arrivé, il n'y avait plus âme qui vive dans la pièce.
– Un homme t'aurait fait des griffures comme celles-ci? demanda Sophie, l'œil accusateur. Mais bien sûr…
– Écoutez, je ne m'y attendais pas. Il m'a pris par surprise.
– Je croyais que c'était toi qui le poursuivais.
– Oui, c'était le cas, mais quand il s'est retourné, il m'a bondi dessus.
– Ton histoire n'a ni queue ni tête. Comment aurait-il pu disparaître en quelques secondes, ainsi que Nadia, étant donné les hurlements qu'elle a poussés, sans que tu saches où? questionna Marco.
– Je n'ai pas d'explication, répondit Gunther, sincèrement perdu face à la rapidité avec laquelle Nadia s'était volatilisée.
– Je viens d'aller checker le couloir, intervint Romain. Il n'y a rien. Seule l'infirmerie est ouverte, mais il n'y a aucune issue possible. Je crois que Gunther nous cache quelque chose.

Tous les regards se tournèrent vers l'homme à la moustache remontée. Ce fut Marco qui décida qu'il était temps d'agir. Il se racla la gorge et déclara:

– Dès maintenant, nous allons retourner à la grande salle de réception, à l'entrée. On ne se séparera plus. Sous AUCUN prétexte. Entendu?

Tous hochèrent la tête en signe d'approbation et descendirent les escaliers silencieusement.

Chapitre 67

– Qu'allons-nous faire désormais, s'ils restent vraiment enfermés dans cette salle jusqu'à l'aube ?

– Je leur ai réservé la torture psychologique la plus horrible à ce stade de la soirée : un jeu sadique et effrayant qui ne laissera personne de marbre.

Chapitre 68

Manoir d'Oackland, 2 h 40

Marco avait désormais pris la tête du groupe. Ses demandes étaient des ordres et ne laissaient aucune marge de manœuvre au reste des invités. Il leur avait distribué des morceaux de papier et leur avait intimé l'ordre de terminer le jeu anonyme proposé par John plus tôt dans la soirée, qui n'avait alors pas été pris au sérieux, mais qui désormais pourrait être décisif. Chaque participant s'était mis à l'écart pour ne pas être épié, et pliait et repliait son bout de papier par précaution avant de le glisser dans le bol de chips, préalablement vidé.

Lorsque tous eurent terminé, Marco leur ordonna de s'asseoir en cercle et mélangea plusieurs fois le contenu de l'urne de fortune, avant de la tendre à la première personne à sa gauche. Léa s'en saisit et ouvrit lentement le papier pioché, le front luisant. Ses yeux semblèrent soulagés lorsqu'elle découvrit ce qu'il était écrit :

– « Gunther a le profil d'un addict. Il pourrait très bien s'être drogué, comme son indice le laisse penser. »

Le dandy hésita mais décida de mentir pour conserver sa couverture :

– OK… Je n'en suis pas fier, mais il m'est déjà arrivé de… me piquer. Je n'ai plus touché à ça depuis des années. Voilà, vous savez tout.
– De toute manière, ici, rien ne peut être caché, lâcha Jenny d'un air hautain.
– Passe à ta gauche, dit Marco à l'intention de Léa.

La jeune fille tendit le bol à Pierre qui, se rendit-elle compte à ce moment précis, était si discret qu'elle en oubliait souvent sa présence. L'homme se racla la gorge et remonta nerveusement ses lunettes sur l'arête de son nez. Il piocha un morceau de papier et lut à voix haute, d'un ton hésitant :

– « Romain : faux sportif décérébré qui a mis Audrey Dubreuil enceinte et l'a abandonnée sans scrupule. »

Le concerné bondit sur ses deux pieds d'un seul mouvement et hurla à l'assemblée médusée :

– Qui a écrit ça ?

Voyant que personne ne répondait, il hurla de plus belle :

– Qui s'est permis d'écrire ce ramassis de conneries ?
– Pourquoi tu te mets dans un état pareil ? répondit Sophie d'un air arrogant.
– J'étais sûr que ça venait de toi, Sophie. Tu n'es vraiment qu'une pauvre fille perdue qui galère à percer dans le mannequinat ! l'attaqua-t-il.

– Alors, tu vois, cette révélation n'est pas de mon fait. Je pense que tu te trompes d'adversaire. Tu ferais mieux de te regarder dans le miroir, avec tes gélules minceur de tocard. Tu crois vraiment que tu vaux mieux que moi ?
– Ha, ha, ha ! Mais parlons-en, justement ! Sophie Ciantinni, cliente *gold* de notre programme minceur. Eh oui ! J'ai déjà vu passer ton nom. Tu crois que je ne sais pas que tu carbures aux gélules Burnfat à longueur de temps ?
– Je n'ai absolument jamais avalé ne serait-ce qu'une seule de tes maudites pilules ! Je connais très bien leurs effets indésirables.
– De quoi tu parles ? demanda Carlota, curieuse.
– Ce cher Romain vend des coupe-faim qui détruisent la flore intestinale de ses clients. S'ensuivent des épisodes de fortes diarrhées et de vomissements... D'où la perte de poids. Bien sûr, mais à quel prix ?
– Ne me dis pas que...

Jenny venait de se lever à son tour et de s'écarter du cercle tout en pointant Sophie du doigt.

– Qu'est-ce qui se passe ? questionna Marco en se tournant vers la photographe.
– Je... Ce n'est pas possible... Tu n'aurais pas fait ça, Sophie ? bégaya Jenny.
– Crache le morceau, ma pauvre Jenny. On n'a pas toute la soirée.
– Cela fait des mois que nous avons des annulations. Des mannequins nous lâchent au dernier moment sur des shootings. Le dernier en date, c'est celui pour la campagne des anoraks. Ne me dis pas que c'est toi qui... ?

Sophie se leva et balança sur le canapé, d'un geste excédé, le coussin sur lequel elle était assise.
– Oh, et puis MERDE! Oui, c'est moi. J'ai effectivement conseillé ce médicament à plein de nouvelles mannequins qui débutaient. J'ai même fait croire aux autres que je l'utilisais tout le temps. Eh bien, allez-y! Passez-moi les menottes, qu'on me sacrifie! Je m'en contrefous. Ce milieu est pourri. On m'a fait bien pire, balança-t-elle, furieuse et soulagée à la fois. Toi par contre, monsieur Muscles, ça ne te pose pas non plus de problème de vendre cette merde?

– Je ne suis pas fier de vanter ces gélules, mais bon, mon niveau de vie à Dubaï ne me laisse pas le choix, je…

Romain n'eut pas le temps de finir sa phrase, car une musique délicate se fit entendre. Soudain, un enregistrement audio résonna des tréfonds du manoir:

Cher tous,
La nuit est désormais bien avancée et je vous rappelle que, pour notre Soirée de la vérité, *nous avons encore du pain sur la planche! Afin que je profite un maximum des dernières heures en votre compagnie, je vous propose un petit jeu revigorant. Dans deux minutes précises, le manoir entier sera plongé dans le noir, pour une durée de trente minutes. N'est-ce pas dans la plus grande des noirceurs que la vraie lumière se révèle? Vous aurez la possibilité de trouver une porte de sortie, mais attention, elle ne s'ouvrira pas si vous êtes plus de deux dans la même aile. Par ailleurs, que vous décidiez de faire cavalier seul ou de vous associer à un ou plusieurs de vos camarades, toute décision engendrera une conséquence. Je vous dis à plus tard. Le décompte commence tout de suite!*

Chapitre 69

Les corps s'étaient raidis et les cerveaux étaient en ébullition. Le maître des lieux venait de jeter une bombe, qui exploserait d'une seconde à l'autre. Les invités se scrutaient avec méfiance, à la recherche d'un regard sécurisant, celui d'une personne avec qui passer les trente prochaines minutes. Qui oserait franchir la sortie, si toutefois il y en avait une ?

Pierre et Gunther, peut-être parce que tous les deux approchaient de la soixantaine, furent les premiers à s'allier et à s'enfuir en choisissant les jardins. Romain, encore fou de rage après l'altercation qui avait précédé, prit le risque de partir seul et quitta la salle commune en une fraction de seconde, laissant Marco, Jenny, Sophie, Léa et Carlota face à un dilemme.

Carlota prit les choses en main et attrapa le bras de Léa.

– Suis-moi, tu ne peux pas rester seule ici. On va se mettre à l'abri.

Elle l'entraîna alors au premier étage, en direction de l'infirmerie, dans l'aile sud.

Marco ne tarda pas à réagir à son tour :

– Dépêchons-nous, il vaut mieux ne pas traîner par ici. Suivez-moi !
– Je reste ici, répondit Sophie, teigneuse. Hors de question que je sois votre toutou. Allez faire les pantins du taré qui joue avec nos nerfs, mais moi, je ne marche pas dans la combine.
– Tant pis, on t'aura prévenue, lâcha Jenny, satisfaite que son ennemie reste loin d'elle.

Les deux silhouettes n'eurent pas le temps de passer la porte que la lumière s'éteignit. Jenny poussa un cri de frayeur, rapidement interrompu par le *shhhhhh* de Marco.

Il était très exactement 2 h 45 lorsque le manoir fut plongé dans le noir total.

Chapitre 70

Manoir d'Oackland, 2 h 47

Gunther se décala sur la droite et fit mine de lacer sa chaussure afin de laisser Pierre partir en premier dans les jardins du manoir. Il ne faisait confiance à personne ici, même si Pierre était assurément celui par qui il se sentait le moins menacé. Le banquier quinquagénaire s'élança le long de l'allée bordée de bosquets et décida de partir du côté du ponton. Derrière lui, le dandy sentit sa moustache s'empreindre de l'humidité ambiante. Il jeta un coup d'œil derrière lui et vit le manoir plongé dans le noir.

– Nous devrions éteindre les torches de nos téléphones, dit-il à l'attention de Pierre. Dans cette obscurité, nous risquons de nous faire remarquer !
Pierre stoppa net et se retourna :
– Oui, mais nous devons atteindre le ponton, là-bas nous serons plus en sécurité ! Nous nous mettrons dos à la mer et ainsi personne ne pourra nous prendre par surprise. Hâtons le pas !

Les crissements des branches et des feuilles mortes rythmaient l'avancée des deux hommes, qui retenaient leur souffle. Gunther vérifia le minuteur de son portable, il restait encore vingt-quatre minutes avant que les lumières ne se rallument. Ils devaient être malins et se faire discrets. Ils contournèrent la partie ouest du manoir et tombèrent sur le chemin menant à l'océan. Gunther donna un coup de coude à Pierre et lui désigna le petit abri à bois tout au fond du jardin. Pierre acquiesça et ouvrit la marche jusqu'à la planque. L'abri n'était plus utilisé depuis fort longtemps, il restait quelques tas de bois pourri que Pierre escalada.

Chapitre 71

Manoir d'Oackland, 2 h 59

Jenny s'accrochait tant bien que mal au bras de Marco, qui marchait au pas de course dans le hall. Il avait décidé de rester au rez-de-chaussée. S'ils devaient fuir, les jardins seraient plus facilement accessibles par les fenêtres, et il avait pour objectif d'atteindre le dernier couloir au fond de l'aile sud le plus vite possible.

Dès qu'ils furent arrivés à destination, Jenny ne put s'empêcher de prendre son beau-frère à partie :

– Marco, pourquoi tu ne m'as pas répondu, plus tôt dans la soirée ? Tu penses que je ne suis pas quelqu'un de bien ?

– Écoute, ce n'est pas le moment… Tu ne vois pas dans quelle situation nous sommes ?

– Si, justement ! Et si je devais mourir ici ? Nous n'avons jamais reparlé de ce fameux soir. Depuis, tu es bizarre, et j'ai l'impression d'être une mauvaise personne…

– Jenny, tu es quelqu'un de bien. Parfois, l'être humain est étrange. Il fait des erreurs. C'est comme ça, il ne faut pas se prendre la tête. Il ne t'arrivera rien, le jour va bientôt se lever. Toute cette mascarade sera bientôt terminée.

– Tu regrettes d'avoir couché avec moi, ce soir d'été où Cynthia t'avait mis dehors ?

Marco resta stupéfait et n'eut pas le temps de répondre. Une lumière vive fut dirigée sur leurs visages, les aveuglant :

– JE LE SAVAIS ! Je savais qu'il y avait quelque chose de pas net entre vous deux !
– Sophie ? demanda Jenny, surprise. Qu'est-ce que tu fais là ? Éteins cette lumière, tu nous éblouis !
– Alors, c'est vrai… Je n'arrive pas à croire que tu t'es tapé le mec de ta sœur. T'es vraiment une pauvre fille ! Quant à toi, Marco… n'en parlons pas. Tu mérites le pire !
– Qu'est-ce que ce que tu fabriques ici ? répondit-il calmement, ignorant ses attaques.
– Je vous ai suivis pour pouvoir écouter vos petites conversations. On peut dire que je ne suis pas du tout déçue.
– Coupe ta lumière ! Tu te crois intelligente, mais tu ne sers à rien, à part à nous mettre en danger, reprit Marco d'un ton plus agressif.
– Hors de question. Deux traîtres comme vous, je préfère vous avoir à l'œil…
– Coupe ta lumière, rugit Jenny, menaçante.
– Nope.
– COUPE… TA… LUMIÈRE ! répéta Jenny en bondissant sur sa rivale, la faisant basculer et l'écrasant de tout son poids.

Les deux filles se roulaient au sol. Marco, écœuré par cette scène, attrapa le téléphone qui, tombé par terre, éclairait le plafond d'un halo puissant, et se dirigea vers l'escalier central. La grande horloge sonna trois coups, qui résonnèrent durant de longues secondes le long des parois.

– On ne restera pas longtemps dans le noir. Cessez vos enfantillages. Restez calmes et ne bougez pas d'ici, c'est le meilleur moment pour fouiller et découvrir ce qu'il se passe dans ce manoir. Je reviens avant la fin du chrono.

Chapitre 72

Marco avançait prudemment, pas après pas, tendant l'oreille afin de repérer d'éventuels mouvements dans la zone où il se trouvait. Il avait déjà balayé les couloirs nord et sud et parcourait maintenant l'aile ouest lorsqu'il entendit un petit cri étouffé, très léger, mais suffisamment fort pour attirer son attention. Il se redressa et s'avança vers la pièce concernée. Soudain, la poignée de la porte s'abaissa et celle-ci s'entrouvrit, et il entendit un râle identique au précédent, mais plus franc. Marco dégaina son téléphone et dirigea le rayon lumineux de la lampe torche dans l'entrebâillement. Il y avait des gouttes de sang au sol. Le jeune homme donna un léger coup de pied dans la porte et aperçut dans le halo lumineux, à terre, un visage familier.

– Mais qu'est-ce que tu fais là ?

CHAPITRE 73

Manoir d'Oackland, 3 heures.

Carlota s'était accrochée au bras de Léa. Elle ne voulait pas avoir à fuir le danger et à se cacher sans arrêt. Sa vie était déjà un fiasco depuis des mois ; elle devait réfléchir à tout ce qu'elle disait ou faisait et en anticiper les conséquences, car chaque pas, chaque mot pouvait devenir une menace. Elle était lasse de tout cela, elle souhaitait simplement être libre. Ses enfants lui manquaient terriblement et elle n'avait qu'une envie : s'écrouler et pleurer toutes les larmes de son corps. La présence de Léa lui faisait du bien, elle avait l'impression d'être utile. Elle avait choisi la planque dans l'infirmerie par stratégie ; au moins, si jamais elles avaient un problème, elles auraient le nécessaire de premiers secours à disposition. Et s'il leur arrivait malheur… Carlota refusait de penser à cette issue. Que feraient ses enfants, abandonnés aux mains de leur père tyrannique et sociopathe ? Ses bébés qu'elle n'avait pas tenus dans ses bras depuis plus de six mois ? Son cœur de maman se serra une nouvelle fois, et tandis qu'elle sentait la paroi du mur de l'infirmerie derrière son dos, elle renforça l'étreinte de son bras sur celui de sa compagne de malheur.

Léa perçut probablement sa souffrance, ou bien elle entendit ses larmes couler, car elle lui demanda :

– Carlota ?
– Oui ?
– Pourquoi tu es ici ? À ce stade de la soirée, nous avons compris que nous sommes tous coupables de quelque chose. Mais toi… ? Qu'est-ce que tu fais là ? Tu ne m'as pas l'air d'être quelqu'un de mauvais… Je me trompe ?
– Non, tu n'as pas tort… Je ne suis pas mauvaise, mais j'ai fait des choses qui ne sont pas glorieuses.
– Quoi, par exemple ?
– J'ai été mariée pendant plus de quinze ans, avec mon amour de jeunesse, un très bel homme, devenu avocat, maître Rivera… Nous avons eu deux enfants. Je m'occupais d'eux, je ne travaillais pas. Un beau jour, j'ai commencé à constater des choses qui m'ont mis la puce à l'oreille…
– C'est-à-dire ? demanda l'adolescente en chuchotant, surprise.
– Il avait pour habitude de rapporter des dossiers à la maison. Rien de tout cela ne me paraissait étrange, en tout cas pas au début. C'est lorsque j'ai commencé à découvrir son côté démoniaque que tout s'est révélé à moi. Il défendait des cas peu glorieux, distribuait des pots-de-vin à tout va, et il était même prêt à faire tomber un innocent juste pour ne pas perdre un procès.
– Personne ne s'était rendu compte de rien ?
– Non, ses associés ne sont pas au courant. Il laissait les dossiers « classiques » au bureau et ne ramenait que ceux qui étaient « compliqués » à la maison. Au fil du temps, j'ai compris que ceux-là étaient en réalité des dossiers très louches, pour lesquels il se faisait soudoyer.

– Par qui ?
– La plupart du temps, par des gens très haut placés : des juges, des militaires de haut rang ou des millionnaires…
– Mais quel était son rôle ?
– Il s'assurait d'être l'avocat des victimes de ses clients afin qu'ils ne remportent pas le procès. Non seulement son plaidoyer était faible en preuves, mais il était entouré d'un réseau de gangsters qui faisaient pression sur les témoins et sur les proches des plaignants, afin qu'ils se retirent de la procédure.
– Mais c'est horrible ! Qu'est-ce que tu as fait quand tu as compris tout ça ?
– J'ai immédiatement cherché une porte de sortie. J'ai photocopié tous les dossiers suspects et les ai placés en sécurité. Ensuite, je lui ai fait le coup de l'épouse lassée et j'ai demandé le divorce, avec garde exclusive des enfants, dont il ne s'occupait pas, étant donné le temps qu'il passait au tribunal.
– C'est à ce moment-là qu'il a pris conscience que tu étais au courant ?
– Non, au début, il ne se doutait de rien. Mais en bon paranoïaque manipulateur qu'il est, il envisage toujours le pire. Il a donc monté un dossier à charge contre moi, me privant de mes enfants. Il a dit que c'était la seule façon de me faire taire.
– Oh, mon Dieu, Carlota, je suis tellement désolée pour toi… Depuis combien de temps tu n'as pas vu tes enfants ?
– Plus de six mois. Je suis vidée, en train de mourir à petit feu.
– Comment tu comptes procéder pour récupérer la garde ?
– Cette semaine, j'ai pris mon courage à deux mains et j'ai déposé une copie des dossiers à son bureau, au tribunal. Il a immédiatement reconnu la reliure orange. Il était blême. Je l'ai informé que si je n'avais pas de nouvelles concernant la garde de nos enfants d'ici sept jours, je balancerais tout.
– Comment il a réagi ?

– Silence radio. C'est la raison pour laquelle je suis venue ce soir. Le manoir était supposé être un lieu de rencontre secret pour les indics… Dans les affaires de corruption, les rendez-vous se font souvent dans des endroits isolés et inattendus, et les détails sont toujours donnés par voie intermédiaire, par coursier, dans un bouquet de fleurs… Quand j'ai reçu cette carte, j'étais persuadée qu'il s'agissait de cela, et que c'était en lien avec les découvertes que j'avais faites sur les agissements de mon ex-mari. Comme il ne s'était pas manifesté depuis que je l'avais menacé de tout dévoiler, j'avais peur qu'il prépare quelque chose de très préjudiciable à mon encontre, alors j'ai sollicité une protection. Quelques jours après, j'ai reçu le carton d'invitation.
– Et tu as atterri ici…
– Oui, ironie de la vie… J'ai essayé d'échapper à un danger pour me retrouver à en courir un encore plus grand.
– Tu sais, ça vaut ce que ça vaut, mais… je pense que tu es une bonne maman, et pas une mauvaise personne. Je suis sûre que l'univers finira par te rendre justice. Perso, j'y pense tout le temps : pourquoi mon existence a-t-elle commencé de façon aussi merdique ? Je suis partie de rien, et d'année en année, les événements tragiques se sont accumulés, mais je suis persuadée que je m'en sortirai. Je nourris l'espoir que le meilleur est à venir.

Léa sentit les larmes de Carlota couler dans son cou, tandis qu'elle avait posé sa tête contre la sienne. Le silence pesant se réinstalla et l'angoisse de l'attente refit surface, jusqu'à ce que la porte s'ouvre doucement, les faisant sursauter et crier simultanément. Une voix féminine derrière un faible halo de lumière émis par une petite lampe torche dit alors :

– Bonsoir Carlota et Léa. Ne vous inquiétez pas, c'est moi. Suivez-moi, je vais tout vous expliquer.

Chapitre 74

La porte de la salle de gestion de crise du palais de l'Élysée s'ouvrit dans un grand fracas. Tous les conseillers sursautèrent, encore sous le choc de l'événement sans précédent qui se déroulait devant leurs yeux.

– Monsieur le Président, nous avons essayé de regrouper le plus d'informations possible, mais cet homme est un génie. Personne n'a jamais réussi à hacker la télévision française.
– Qui est-ce ?
– Nous n'avons que très peu de renseignements sur l'organisateur. Nous savons seulement qu'il a de fortes compétences en hacking et qu'il est probablement très dérangé.
– Avez-vous réussi à le localiser ?
– Non, pas encore. Nous n'avons aucun signal fiable. Il a mis des pares-feu partout. Nous sommes baladés de droite à gauche, vers des adresses IP fantômes.
– Quelles sont ses revendications ?
– Aucune, justement. Il a un profil pervers et sociopathe. Il nous est difficile de comprendre ses agissements.
– Je vous laisse moins de deux heures pour le retrouver ou vous le regretterez sérieusement, annonça le chef d'État français, furieux.

CHAPITRE 75

Alerte à toutes les unités. Intervention sans usage de la force demandée. Je répète, INTERDICTION STRICTE d'utiliser vos armes. Encerclez le manoir d'Oackland et préparez-vous à une offensive calme. Ne bougez pas sans en avoir reçu l'ordre au préalable.

CHAPITRE 76

Marco se précipita sur la silhouette familière qui gisait au sol, la tête en sang.

– John ?! Mais qu'est-ce que tu fais ici, et dans cet état ?

Le vendeur automobile gémit doucement et tenta de se relever en se tenant le crâne.

– J'ai très mal à la tête, je suis blessé.
– Qu'est-ce qui t'est arrivé ?
– Je suivais discrètement Nadia tandis qu'elle se rendait à l'infirmerie, accompagnée par Gunther. J'écoutais leur conversation, parce que j'avais trouvé étrange la façon dont elle lui avait demandé de venir avec elle.
– Et tu as appris quelque chose ?
– Nadia l'a confronté. Elle a parlé de vol de vaccins destinés aux enfants et, d'après ce que j'ai compris, de leur revente au marché noir.
– D'où la seringue dans sa boîte… fit remarquer Marco, songeur. Mais comment tu t'es fait mal ?

– Je ne sais pas vraiment ce qui s'est passé. J'ai épié leur conversation, mais j'ai préféré faire marche arrière quand ils ont commencé à s'enfoncer trop loin dans le couloir. C'est là que j'ai entendu un bruit, mais je n'avais aucune visibilité. L'individu qui m'a attaqué m'a frappé le crâne par-derrière
– Tu penses qu'il s'agissait de Gunther ? De Nadia ?
– Nadia était trop amochée. Elle boîtait et était encore en état de choc. Je ne vois personne d'autre que Gunther, le premier étage était désert.
Marco fronça les sourcils, tentant de digérer l'information. La situation devenait de plus en plus complexe. Jusque-là, il pensait se battre exclusivement contre le maître des lieux et son esprit machiavélique. Et voilà qu'il apprenait que le danger pouvait venir de l'intérieur. Et si Gunther était l'organisateur ? Après tout, avec son look vintage, il aurait très bien pu avoir racheté le manoir…

Il secoua la tête pour faire déguerpir ces pensées. L'urgence était de soigner John. Le coup qu'il avait reçu avait causé une hémorragie, et même si le pronostic vital ne semblait pas engagé, il fallait compresser la plaie.

– Ne bouge pas d'ici, je vais monter à l'infirmerie chercher le nécessaire pour te faire un bandage. Essaie d'être discret. D'ailleurs, ne réponds à personne d'autre que moi. Je toquerai deux fois à la porte avant d'entrer, OK ?

L'homme blême hocha la tête et relâcha son corps sur le sol, priant pour que son camarade fasse vite.

– John ? Si dans quinze minutes je ne suis toujours pas revenu, considère que tu es seul ici.

Chapitre 77

Marco remonta le couloir à la vitesse de l'éclair. Il tenta d'habituer sa rétine à l'obscurité, pour mieux y percevoir de potentiels ennemis. Il grimpa les escaliers telle une araignée, en appui sur ses mains. Il longea l'allée sud et ouvrit la porte de l'infirmerie. Il alluma brièvement la torche sur son portable, juste le temps de prendre le strict nécessaire, et consulta l'heure avant de repartir : déjà une vingtaine de minutes que le manoir était plongé dans le noir. Il devait être malin et alerte. Le jour se lèverait bientôt et il serait libre. Il redescendit en silence et bifurqua du côté de l'aile sud pour vérifier que Sophie et Jenny n'avaient pas bougé de leur planque. Il dirigea le faisceau au loin afin de ne pas perdre de temps, mais lorsqu'il balaya le mur du fond, il n'aperçut aucun signe de vie. Il accéléra le pas. En quelques secondes, son cerveau envisagea mille théories. *Elles se sont réfugiées dans une pièce adjacente… Elles sont retournées dans la grande salle de réception… Elles sont mortes toutes les deux…* Cette dernière pensée lui glaça le sang. Lui qui, jusque-là, avait réussi à garder son calme, ne rigolait plus du tout. Où étaient-elles ? Il enclencha les poignées de chaque porte du couloir, mais toutes étaient fermées. Il hésita à crier le prénom des filles, mais eut peur que cela donne sa position à l'ennemi. Il frappa le mur d'un coup de poing rageur et repartit vers l'aile ouest pour retrouver John.

Il transpirait tellement que la sueur lui piquait les yeux. D'un revers de manche, il essuya son front et s'approcha de la pièce où John était retranché. Il toqua deux fois, mais n'eut aucune réponse. Il ouvrit alors la porte en grand, mais ne trouva que quelques taches de sang à demi séché sur le parquet.

Je suis tout seul. Je suis tout seul. Mon Dieu, ils sont tous morts, songea-t-il, l'esprit embrouillé.

Que faire ? Il regarda sa montre : plus que quelques minutes, et la lumière se rallumerait. Où faudrait-il être à ce moment-là ? Qui était encore en vie ? Quelle était la meilleure stratégie à adopter ?

Cette fois encore, il devait se comporter en homme, un vrai. Dans sa vie, il n'avait jamais laissé la peur le dominer. Il allait se présenter dans la grande salle, et celui qui viendrait le chercher devrait se battre. Marco n'était pas et ne serait jamais un lâche. Il jeta le kit de premier secours au sol et, las, se dirigea lentement vers le hall d'entrée.

CHAPITRE 78

La grande porte de l'entrée s'ouvrit dans un grincement. Marco reconnut les silhouettes de Pierre et de Gunther qui entraient. Personne ne pipa mot. Le silence était lourd, presque douloureux. L'heure avancée pesait sur les émotions et sur le mental des trois hommes, qui étaient à bout de forces.

Le minuteur indiquait encore six minutes. Seul le rayonnement de la lune éclairait la façade de la grande salle lugubre.

– Où sont les autres ? demanda Pierre.
– Peut-être que tu devrais demander à ton ami Gunther, répliqua Marco, acerbe.
– Qu'est-ce que tu insinues, au juste ?

Un bruissement familier stoppa net la friction naissante entre les deux hommes : celui d'un micro que l'on frotte. Rapidement, une voix se fit entendre et un film fut projeté au mur simultanément.

– Madame Medere, écoutez, je suis désolé. Je ne peux pas faire autrement. Votre compte est bloqué jusqu'à la semaine

prochaine. Des mouvements suspects y ont été détectés depuis plusieurs semaines. C'est entre les mains de l'inspection des finances, je n'ai aucun pouvoir.
– Mais, monsieur Wagner, enfin! Je suis cliente chez vous depuis cinquante ans! Je n'ai que ma petite retraite. Je ne comprends pas de quels mouvements suspects vous me parlez. Vous savez que mon fils est banquier. Il est très sérieux et correct, c'est lui qui a la procuration. Je ne m'en fais pas, mon fiston va résoudre tout ça rapidement.
– Je l'espère, madame, car vous et votre fils risquez la prison…

Le magnéto s'éteignit et Pierre s'effondra en larmes en marmonnant discrètement tout en se tenant les cheveux, la tête contre le sol, puis de plus en plus fort :

– Maman ! MAMAN ! Pardonne-moi, maman ! Pardonne le fils indigne que j'ai pu être. Pardonne-moi, maman…

Il se releva, tituba vers la grande table et attrapa un stylo, puis écrivit quelques mots sur une feuille en clignant des yeux, cherchant la lueur de la lune pour mener à bien sa mission.

– Si vous survivez à cette nuit de l'enfer, donnez ça aux autorités compétentes, s'il vous plaît, dit-il en déposant le bout de serviette en papier sur le rebord de la cheminée.

Il s'enfuit alors du manoir en courant. Marco s'approcha de la fenêtre et observa l'ombre du banquier se fondre dans les jardins menaçants de la propriété. Il sursauta légèrement, car il ressentit une mauvaise énergie dans son dos. Il fit volte-face et découvrit le visage de Gunther, à quelques mètres de lui, qui le dévisageait d'un air terrifiant. Dans sa main, la lame d'un couteau qu'il avait déplié reflétait la lueur de la lune, et son visage fermé indiquait son intention de ne pas faire ami-ami.

– J'ai tout de suite su que tu étais celui dont je devrais le plus me méfier, balança Gunther.
– C'est toi qui es derrière tout ça ? Qui es-tu ? Pourquoi nous avoir enfermés ici ? Et pourquoi je serais celui dont tu devrais le plus te méfier ?
– Parce que sous tes airs nonchalants, tu es en réalité bien plus intelligent qu'on pourrait le croire !
– Qu'est-ce que tu attends de moi ?
– Moi ? Mais absolument rien. Seulement, vu les horreurs que chacun a commises ici, je me dis que, de nous tous, tu dois être coupable des pires.
– C'est là que tu te trompes, mon cher Gunther. Je n'ai jamais fait de mal à personne autour de moi. Enfin si, je m'en repens d'ailleurs aujourd'hui. La seule personne que j'aie blessée, c'est ma petite amie. La seule qui m'ait jamais soutenu et donné une chance, je l'ai trompée à plusieurs reprises, dont une fois avec sa propre sœur. Je n'en suis pas fier, mais cette horrible soirée m'aura ouvert les yeux. J'ai toujours pensé être une sous-merde, et comme j'avais la femme parfaite à mes côtés, je sabotais notre relation, j'en faisais n'importe quoi. Mais quand je vois l'être humain tel qu'il m'a été montré ce soir… Vous tous, vous êtes des monstres… Vous êtes des moins que rien et vous méritez d'aller en enfer. Je promets devant Dieu que si je vois le jour se lever, j'irai demander pardon à Cynthia et prendrai enfin ma vie en main, car je ne suis et ne serai jamais de ces mauvaises personnes qui font le mal autour d'elles.

– Ça y est ? Casanova a fini son joli numéro ? Tu penses vraiment que…

BOUM !

Un bruit d'explosion ébranla le manoir, et toutes les lumières furent rallumées simultanément, à l'intérieur comme dans les jardins. Des *clic* se firent entendre ; l'un d'eux provenait d'une porte située juste à côté de la cheminée, dissimulée dans un pan de la bibliothèque.

Dans les enceintes, une voix automatique annonça :

BRAVO ! LA PARTIE EST TERMINÉE. Tous les joueurs peuvent se rendre sur le plateau général pour l'ultime confrontation.

Perplexe, Marco se tourna vers Gunther, qui lui aussi le cherchait du regard. Dans son expression, Marco comprit que lui non plus n'avait aucune idée de ce qui était en train de se passer.

Un visage apparut dans l'ouverture au cœur de la bibliothèque. C'était le jeune homme qui portait un tee-shirt *I Love Guatemala*. Il s'adressa à eux, un sourire aux lèvres :

– Je vous laisse me suivre pour le grand final. Bientôt, vous comprendrez tout, dit-il avant de disparaître dans le petit escalier en colimaçon.

Chapitre 79

Les agents du GIGN étaient en faction devant les portes du grand manoir. Le plus long avait été de mobiliser l'équipe de démineurs et de faire vérifier le terrain avant l'attaque. Mais les contrôles étaient presque terminés. Bientôt, les huit équipes de l'escadron pourraient libérer les civils enfermés.

Pour eux, escalader le portail serait un jeu d'enfant, mais ils redoutaient que le maître-chanteur n'ait anticipé leur intervention et posé des pièges. Les doigts en position sur la gâchette, les gendarmes n'attendaient que l'ordre du Président pour prendre la demeure d'assaut.

Chapitre 80

Les marches étroites les menèrent à un sous-sol terreux. Un tunnel s'étalait sur plusieurs mètres et l'inconnu désigna une voiturette électrique.

– Montez.

Les deux hommes s'exécutèrent à contrecœur, mais Marco objecta :

– Attendez ! Pierre est dans les jardins, on devrait aller le chercher.
– Nous n'avons pas le temps, malheureusement, et… Pierre est mort.
– Quoi ? hurla Gunther en posant instinctivement une main sur la poche où se trouvait son couteau. Pourquoi devrait-on vous faire confiance ? Qui êtes-vous ?
– Comme je vous le disais, répondit calmement l'homme, vous comprendrez tout dans quelques minutes. Ce n'est pas à moi de vous expliquer.
– Où allons-nous ? Le voyage va durer longtemps ? demanda Marco.

– Nous avons moins de cinq minutes de trajet. Vous allez rencontrer le maître des lieux.

Les deux invités se turent. Marco était bien trop épuisé pour résister, et il voulait aller au bout des choses : pourquoi avait-il été convié ici, et dans quel but ?

Le trajet ne dura en effet que quelques minutes. Ils arrivèrent à l'extrémité du tunnel, où un escalier donnait sur une autre trappe.

– Suivez-moi, dit sèchement l'homme au tee-shirt.

Ils grimpèrent aux barreaux métalliques et débouchèrent sur une pièce très sinistre : les murs étaient recouverts d'une tapisserie démodée et sentaient l'humidité. Marco jeta un coup d'œil dehors. Il pouvait apercevoir le manoir, au loin. Que faisaient-ils ici ?

– Allez-y, passez cette porte et installez-vous sur les deux fauteuils qui se trouvent au centre de la pièce. Gunther, sur le fauteuil noir, et Marco, sur le rouge.

– Qui se trouve de l'autre côté ?
– Des millions de personnes, répondit-il.

Marco poussa la porte et fut ébloui par des dizaines de projecteurs et de caméras mouvantes. Il fut abasourdi par le tonnerre d'applaudissements qui retentirent, provenant d'espèces de gradins où des centaines de personnes étaient assises.

Un plateau télé. Nous sommes sur un plateau télé, pensa-t-il en essayant d'établir des connexions entre tous les éléments sous ses yeux.

– Souhaitons la bienvenue à nos deux derniers candidats : Marco et Gunther ! annonça joyeusement une voix masculine.

Les applaudissements reprirent et les deux hommes s'avancèrent timidement vers leur siège respectif. Devant eux, un vieux présentateur roux souriait à pleines dents. Il y avait du public dans toute la salle, qui était immense.

– La partie étant terminée, nous allons enfin pouvoir vous révéler le but de votre présence ce soir, et surtout… vous dire qui de Marco ou de Gunther a remporté le jeu !

À cette annonce, Gunther ne put s'empêcher de sourire, ayant l'espoir d'être l'heureux élu. Marco essayait de retenir sa lèvre supérieure de trembler. Ses camarades étaient probablement morts, et eux étaient jetés ici en pâture tels des animaux, avec des caméras et du public. Mais quand ce cauchemar infernal prendrait-il fin ?

– Nous allons tout d'abord procéder au dévoilement des fauteuils ! surjoua l'animateur transpirant sous l'effet des lumières et probablement de la longueur du live, qui durait depuis la veille au soir.

Une voix digitale s'éleva des enceintes :

Dévoilement des fauteuils.

Au même instant, sur un côté de la pièce, des fauteuils rouges apparurent. Marco les compta rapidement.

Quinze fauteuils. Ouf. Quinze ! Il y en a bien quinze ! pensa-t-il.

Les sièges furent retournés, et les visages des autres convives apparurent. Tous, sauf un. Pierre n'était pas là. Était-ce une blague ? Faisait-il semblant d'être effectivement mort, caché quelque part en coulisse ?

Marco revit avec soulagement Annah, Hélène, Anne-Marie, Éric, Léa, Romain, Jenny, Carlota, Nyls, Nadia, Sophie, et même John, qui portait un bandage autour du crâne. Ses camarades ne semblaient guère ravis d'être ici. Marco ne savait pas s'il devait ou non se réjouir.

– Vous devez vous demander dans quelle embuscade vous êtes tombés ! s'exclama le vieil homme en repoussant en arrière une mèche de cheveux de sa moumoute rousse.

Le plateau resta silencieux. Il reprit de plus belle :

– Eh bien, sachez que vous êtes les heureux participants au grand jeu de téléréalité *La Soirée de la vérité* !

Après ces quelques mots, le public s'engagea dans une ola frénétique. Dès qu'il fut calmé, le présentateur poursuivit :

– Vous vous demandez sûrement quel est le but de cette émission ? Et surtout, pourquoi *vous* ?

– Vous ne pouvez pas être sérieux, répliqua Marco, sous le choc. Vous êtes en train de nous dire que… nous étions filmés tout le long ?
– Bien sûr ! Jusque dans les moindres recoins, assura-t-il en lui adressant un clin d'œil suggestif.

Marco croisa le regard de Sophie, qui baissa la tête, honteuse.

– Mais comment le CSA a-t-il pu autoriser une telle émission ? se réveilla subitement Gunther.
– Qui a dit que le CSA avait approuvé ?
– Je… je ne comprends pas, tenta Marco. Vous voulez dire que vous avez…
– Hacké la télévision française ? Bien sûr ! rétorqua l'homme avec un rire sardonique. Durant *La Soirée de la vérité*, tout est possible !
– Mais pourquoi ? Que souhaitiez-vous obtenir de nous en nous soumettant à un tel niveau de stress et d'anxiété ?
– Eh bien, la vérité, mon garçon. La vérité ! Les règles du jeu étaient simples : chaque personne avait quelque chose à se reprocher, du plus petit mensonge, du plus petit larcin… au plus grand crime. Cette expérience anthropologique avait aussi pour objectif de sensibiliser le monde, et notamment la jeunesse, à l'honnêteté et à la justice.
– Vous êtes complètement malade ! hurla Léa, effarée. Qui est derrière tout ça, exactement ?
– Calmez-vous, demoiselle, vous allez tout comprendre. Puisse cette soirée vous être utile pour la suite de votre existence.

Le vieillard toussa fortement et sembla avoir du mal à reprendre son souffle. Le jeune homme lui apporta de l'eau. Il but une rapide gorgée et reprit :

– Les règles étaient simples, disais-je donc : réunir quinze individus qui avaient enfreint la loi, tous avec des profils différents, et qui se connaissaient ou étaient reliés d'une manière ou d'une autre. Les enfermer dans un lieu lugubre, les plonger dans une atmosphère inquiétante, afin de mettre en lumière leurs secrets les plus sombres.

Le public hua les candidats durant quelques secondes, avant de retrouver son calme et de laisser à l'animateur le loisir de continuer :

– Tout d'abord, vous avez passé le test de la cupidité et de l'ego en acceptant de vous rendre au manoir. Certains d'entre vous ne méritaient même pas la mise à l'honneur que leur promettait leur carton d'invitation, mais ils ont malgré tout forcé le destin pour pouvoir profiter d'une soirée majestueuse qui ne leur était pas destinée.
– Et cela ferait de nous d'horribles personnes ? demanda Sophie en lâchant un rire nerveux accompagné d'un rictus.
– Ce sera au public d'en décider. La deuxième étape était la mise en bière. Nous vous avons coupé de tout et avons décidé de vous plonger dans une ambiance si tendue que vous n'auriez d'autre choix que de vous allier ou de vous trahir. Encore une fois, les personnalités se sont dévoilées et les masques sont tombés. Les menteurs et les lâches ne pouvaient plus se cacher. Et pour finir, il y a eu la phase des éliminations, petit à petit.
– Comment fonctionnaient-elles ? Pourquoi Annah en premier ? Et que remportera le gagnant ? enchaîna Carlota sans laisser le temps au présentateur de répondre.
– Dans *La Soirée de la vérité*, nous souhaitions célébrer la justice et l'honnêteté, alors dès qu'un participant avouait son méfait…

– Il était éliminé! bondit Marco. Mais oui, bien sûr! Cela dit, je ne comprends pas. Anne-Marie nous a avoué avoir renversé cet adolescent, mais elle a disparu bien plus tard dans la soirée.
– Nous devions respecter un principe de sûreté. L'extraction d'un candidat ne devait se faire que lorsqu'il se retrouvait seul dans une pièce où une sortie était prévue.
– D'où les pièces fermées à clef! intervint Nyls.
– Exactement. Donc, parfois, une élimination en chevauchait une autre.
– Mais alors… intervint Jenny. Il ne reste que Marco et Gunther. Marco ayant révélé notre… euh… notre « erreur »… est-ce donc lui le grand vainqueur ?
– Non, pas du tout ! Marco est éliminé, comme vous. Le grand gagnant est Gunther !

Le dandy sourit de toutes ses dents, heureux d'entendre son nom. Le public poussa de nouveau des huées, puis une drôle de prison aux barreaux métalliques descendit du plafond.

– Notre cher Gunther, ici présent, a remporté le jeu de *La Soirée de la vérité*. Mais, comme souvent dans la vie, les apparences sont trompeuses, et notre vainqueur est en réalité celui qui devra mourir ce soir.

Soudain, l'audience ne souriait plus du tout. Lorsqu'une corde tomba de la cage surplombant le plateau télé et dévoila son extrémité en forme de nœud, l'assemblée se crispa, comprenant que le maître des lieux exigeait que le gagnant se donne la mort par pendaison en direct, sous ses yeux.

CHAPITRE 81

À toutes les unités. Décompte de trente secondes avant assaut. Tenez-vous prêts à entrer dans le manoir. Toutes les pièces sont allumées, vérifiez-les rapidement. Notre objectif: trouver le poste de commande où sont retenus les otages, potentiellement dans les combles ou au sous-sol. Dix secondes : 10, 9, 8, 7, 6, 5, 4, 3, 2 ,1… Zéro !

Le grand portail du manoir fut escaladé très précisément au moment où le chef d'escadron annonça « zéro ». Des dizaines d'ombres noires identiques sautèrent dans les jardins et se faufilèrent à l'intérieur de la propriété, telle une invasion d'araignées.

La première équipe grimpa directement au premier étage, tandis que les deuxième et troisième s'enfoncèrent dans les ailes nord, est, sud et ouest du rez-de-chaussée. L'avant-dernière, plus nombreuse, arpentait les jardins, et l'ultime groupement s'enfonça dans la grande salle de réception, fusil au poing. L'espace était vide et les agents repérèrent tout de suite la porte entrouverte qui menait au sous-sol, et que Marco et Gunther avaient franchie un peu plus tôt.

– À toutes les unités, ici l'équipe cinq. Nous avons trouvé un passage menant au sous-sol. Nous nous y engouffrons. Grande salle de réception, à gauche, entre la bibliothèque et la cheminée.

– Bien reçu, équipe cinq. Ici l'équipe deux. Nous terminons le repérage et nous arrivons pour protéger vos arrières.

L'officier desserra sa prise sur le talkie-walkie. Il s'apprêtait à descendre les escaliers lorsqu'un élément posé sur la cheminée attira son attention. Il désigna le morceau de serviette en papier à son collègue et le souleva délicatement. Un mot y avait été griffonné à la va-vite.

« Je soussigné, M. Pierre Gilles Medere, déclare avoir fraudé en utilisant l'identité de ma mère, Mme Germaine Jacqueline Medere, *via* la procuration qu'elle m'avait donnée. J'ai fait transiter de l'argent issu d'assurances-vie volées sans qu'elle en ait jamais eu connaissance. Je suis responsable de toutes les fraudes commises en son nom. »

Les deux gendarmes se regardèrent, interloqués. Au même moment, les talkies-walkies indiquèrent une tentative de contact.

– À toutes les unités, ici l'équipe cinq. Un cadavre vient d'être découvert près du ponton, côté mer. Un homme brun, de type caucasien, la soixantaine, 1,68 m environ.

– Bien reçu.

Chapitre 82

Plateau-télé de La Soirée de la vérité.

Tout le plateau retenait sa respiration. Le maître des lieux était-il sérieux ? Avait-il réellement demandé au présentateur de faire cette déclaration ? Les regards étaient rivés sur Gunther, qui devenait de plus en plus blême à mesure que la corde épaisse se déroulait, symbole de son sacrifice à venir.

– Mais vous êtes malade ? hurla Anne-Marie en s'approchant de l'animateur, perché sur sa haute estrade.

Elle agrippa le bas de son pantalon de smoking, qui était à sa hauteur. Le vieil homme secoua nonchalamment son pied pour se défaire de l'étreinte de la jeune femme et reprit, comme si de rien n'était, le discours écrit sur son prompteur.

– Le monde, et notamment la France, qui fut un pays noble, a perdu ses vertus et ses valeurs. Ce jeu est là pour vous réveiller et vous montrer que les actes ne sont pas sans conséquences et que la conscience collective se doit d'être relevée à un niveau plus humaniste.

– Êtes-vous sûr que ce soit la meilleure façon de procéder ? demanda timidement Hélène.
– L'être humain n'apprend que dans la peur et la souffrance, répondit-il, essuyant une nouvelle vague de transpiration sur son front. Il s'avança et retira le veston de son costume, puis remonta tranquillement les manches de sa chemise au-dessus de ses coudes.
– Vous vous rendez compte que votre émission de merde est diffusée en direct et que les flics vont débarquer d'une seconde à l'autre ? hurla Nyls. Vous n'avez donc pas peur de finir derrière les barreaux ? Qui que soit votre patron, ce fameux « maître des lieux », il doit être bien planqué, pendant que vous êtes là, à jouer les marionnettes !
– C'est une question de point de vue. Je trouve que son approche est juste. Êtes-vous sûr que j'aille en prison, alors que tous ces malfaiteurs sont en liberté ? Je ne fais rien d'autre que rétablir la vérité. Nous avons d'ailleurs proposé un sondage sur Twitter, et 68 % des Français valident l'expérience. Par ailleurs, 80 % d'entre eux auraient souhaité qu'elle soit encore plus coriace. Alors, qui de nous deux est le plus dans l'erreur ?

Le grand blond leva les yeux au ciel et reprit :

– D'ailleurs, hacker c'est mon métier, et je me demande bien comment le commanditaire a pu prendre possession de toutes les chaînes hertziennes, sachant que c'est quasi IMPOSSIBLE, étant donné toutes les sécurités en place.
– Peut-être qu'il y a plus de gens que vous ne le croyez qui veulent que la justice et l'honnêteté soient restaurées… Comment pensez-vous que le public a été sélectionné ?

À ces mots, l'assemblée assise sur les gradins se leva et tapa hystériquement des pieds durant plusieurs secondes.

– Je ne vois pas comment vous auriez pu balancer une annonce aussi scabreuse sans alerter les autorités ! intervint Jenny.
– Le Darknet… répondit Nyls, incrédule. Ils ont tout préparé en passant par le Darknet.
– De quoi s'agit-il ? demanda Jenny, penaude.
– C'est un réseau caché, accessible uniquement aux personnes sachant décrypter certaines données. On peut tout y trouver : des armes, des organes humains… Enfin, je vous passe les détails… conclut-il pour ne pas affoler davantage son auditoire.
– Mon Dieu, mais c'est horrible ! réagit Jenny, terrifiée. Nous allons tous mourir, c'est ça ? demanda-t-elle, livide.
– Non, bien sûr que non. Notre seul grand gagnant est Gunther.

À l'évocation de son nom, l'homme à moustache sortit de sa torpeur et bondit en direction de la sortie de secours, sous le regard ébahi de la salle.

CHAPITRE 83

Les différents escadrons rejoignirent la première équipe quelques minutes plus tard, mais celle-ci avait déjà bien avancé ses recherches : un tunnel, relativement large et haut, avait été creusé. Les hommes pouvaient s'y tenir debout et avançaient lentement, mais sûrement, le long de la galerie. Les fusils en joue, ils restaient en alerte.

L'officier se saisit de son talkie-walkie et s'adressa au lieutenant qui coordonnait les opérations depuis l'extérieur :

– Le tunnel semble long. Nous avançons lentement. Où pourrait-il déboucher, à votre avis ?

– Nous avons encerclé le périmètre sur dix kilomètres. Nous étudions les cadastres. Un drone a été lancé pour prendre des clichés aériens.

– Bien reçu, nous vous tiendrons informés de notre progression.

Chapitre 84

Plateau-télé de La Soirée de la vérité.

Deux gorilles en tee-shirt noir moulant bondirent sur le grand gagnant et le plaquèrent au sol. Tout le monde regardait la scène, médusé. Personne n'osait intervenir.

– Vous ne comptez quand même pas le laisser se suicider ? demanda Carlota, tremblante.

– Chers amis, comme je vous l'ai dit, tout acte a des conséquences, et personne ne saurait se dérober à la grande roue de la vie !

– Vous avez conscience que vous serez complice d'un meurtre, que nous n'irons probablement pas en prison, mais vous si ? C'est inutile ! intervint John, affalé dans son fauteuil, l'œil torve.

– Vous ne comprenez pas. Tout vous a été apporté sur un plateau d'argent ! Vous vous délectez du nectar pur de l'existence depuis votre plus tendre enfance, sans vous rendre compte de la nécessité d'en faire quelque chose de bien. Sans éprouver une once de reconnaissance d'avoir la chance d'être en vie ! Je me fiche d'aller en prison, à mon âge ! Cette génération est maudite !

D'un seul coup, Sophie se leva d'un bond et hurla :

– OH, MON DIEU ! Je sais qui vous êtes et pourquoi vous faites tout ça !

Chapitre 85

– Décalez-vous un peu vers la gauche. Voilà. Reculez légèrement… On y est. Faites un test, vérifiez bien le son, et surtout, enregistrez une copie, puis faites une sauvegarde.
– Tout est OK. Allez-y, ça tourne.
– *Bonsoir à tous ! Vous devez certainement vous demander dans quel but j'ai mis tout cela en œuvre, et comment j'ai réussi. Comment* La Soirée de la vérité *a-t-elle pu ridiculiser les autorités et fasciner la France entière ? Eh bien, laissez-moi me présenter et tout vous raconter depuis le début.*

Chapitre 86

– Alerte à toutes les unités ! Aucun bâtiment ou point de repli n'apparaît sur les plans du cadastre. Le tunnel mène donc à un lieu qui n'existe pas aux yeux de l'État. Cela pourrait être un bunker, ou simplement une sortie qui permettrait une évasion par la route ou les airs. Le drone aura bientôt terminé son inspection. Nous vous tiendrons informés de toute évolution.

– Bien reçu. Ici l'équipe une. Nous avons marché environ vingt minutes en direction du nord-est. Nous sommes arrivés au bout du tunnel. Il y a une sortie. Nous appliquons le protocole de vérification classique, et nous passerons à l'assaut. Je vous envoie notre position.

– Bien reçu. Nous vous envoyons des renforts immédiatement.

CHAPITRE 87

Sophie s'avança, le regard furibond, et grimpa le long de l'estrade pour monter sur scène, aux côtés du présentateur.

– Vous ne voyez donc pas ? hurla-t-elle, désespérée.

Les autres candidats demeuraient muets, spectateurs de cette étrange scène, dans la continuité de cette soirée de folie.

– Ah ! Ma somptueuse Sophie. Je savais que tu n'étais pas seulement pourvue d'un joli minois. Tu es l'une des fortes têtes de ce programme. Comment as-tu deviné ?

Elle s'approcha du vieil homme et attrapa sèchement son bras, releva davantage la manche qu'il avait retroussée plus tôt. La lumière des caméras laissait entrevoir des écritures.

– Je ne suis pas de celles qui parlent le plus fort ou essaient à tout prix d'être appréciées, mais j'aime beaucoup observer les gens. On en apprend souvent énormément plus en considérant les actes plutôt qu'en écoutant les paroles. Alors, quand vous avez enlevé votre veste et remonté vos bras de chemise, un détail m'a interpellée. Je n'arrivais pas à le voir correctement depuis mon siège, mais je pensais distinguer une espèce de tatouage en forme de note de musique. Je n'ai pas creusé plus que ça, mais lorsque vous vous êtes lancé dans votre discours sur le nectar de l'existence et l'importance d'en faire quelque chose de bien, tout s'est éclairé ! J'ai compris que la marque à votre bras n'était pas une note de musique, mais un « I » écrit en italique.

L'homme éclata de rire, presque satisfait d'avoir été percé à jour, profitant pleinement de l'ambiance à couper au couteau que son petit manège avait réussi à instaurer. La jolie brune saisit alors sa manche et tira dessus pour la remonter un peu plus.

– La phrase tatouée sur votre bras est le titre de votre pièce de théâtre préférée… *Il Grande Tradimento*… Vous ne pouvez donc être que… LE DUC D'OACKLAND !

La foule se tourna comme un seul homme vers le vieillard, dans l'attente d'une réponse ou d'une confirmation de sa part. On marchait sur la tête ! Le duc d'Oackland était pourtant bel et bien mort en 1978 !

Il était 6 h 22, et l'aube se levait lorsque les agents du GIGN entrèrent tels des boulets de canon sur le plateau télé, se dispersant partout dans la pièce en quelques secondes, afin de mettre en joue l'ensemble des protagonistes, le temps d'établir qui étaient les victimes et qui étaient les coupables. Les renforts explosèrent la porte d'entrée de la petite ferme, laquelle servait autrefois de logis pour le concierge du duc.

Du fait de sa faible superficie, elle n'avait jamais été déclarée en mairie, et n'avait jamais non plus bénéficié de travaux.

Le duc d'Oackland bondit de l'estrade vers la cage et y entra, ignorant les ordres des gendarmes, qui l'exhortaient à en sortir et à mettre les mains en l'air. Avec le peu de souffle qui lui restait, il s'écria :
– La soirée est finie, je tire le rideau.

Ce matin-là, la France entière suivait la téléréalité la plus réelle jamais diffusée à ce jour. Les téléspectateurs, collés à l'écran – et ne manquant aucune seconde de cet incroyable événement –, furent témoins du suicide en direct du maître des lieux. La diffusion fut interrompue sur l'image de son corps se balançant de droite à gauche, au milieu des cris et des pleurs.

Épilogue

Une semaine plus tard.

Le lieutenant Malherbes attrapa une chaise, la retourna pour s'asseoir face au dossier et balança :

– Vous êtes le dernier à être auditionné. Après la tempête médiatique qui s'est déchaînée autour de cette… soirée, on a eu du boulot pour tout remettre dans l'ordre, entre les heures de visionnage et le Darknet à éplucher de fond en comble… Bref, je vous conseille de coopérer et de me raconter tout ce que vous savez, parce qu'autant vous dire qu'on en a plein le cul de toute cette histoire. On veut le petit tampon « Affaire classée » du proc pour pouvoir se casser prendre quelques jours de vacances. C'est bien clair ? OK. Énoncez votre nom et répondez aux questions sans mentir, en essayant d'apporter le plus de détails possible. À partir de maintenant, tout sera enregistré. Quels sont vos nom et prénom ?

– Je m'appelle Marco Galea.
– Que faisiez-vous ce jeudi 17 décembre au manoir d'Oackland ?

– Je me suis rendu à ce que je croyais être une fête organisée par un orphelinat.
– Qui vous y a convié ?
– J'ai reçu un carton d'invitation. Enfin, ma compagne… euh… mon ex-compagne, Cynthia.
– Pourquoi n'y est-elle pas allée ?
– Elle a eu un empêchement de dernière minute et m'a proposé de prendre sa place.
– Pourquoi avoir accepté ?
– Disons que… le manoir est un lieu assez connu. J'avais toujours rêvé d'y entrer, voilà tout.
– Quelle est l'identité de votre ex-compagne ?
– Mlle Cynthia Vargas.
– Que fait-elle dans la vie ?
– Elle étudie la médecine et elle est bénévole à l'orphelinat dont je vous parlais.
– Alors, votre « compagne » a reçu cette invitation, mais n'a pas pu l'honorer, et vous avez décidé d'y aller vous-même ?
– Exactement.
– Saviez-vous que la soirée à laquelle elle était conviée n'était pas ce qu'elle prétendait être ?
– Pas du tout, mais j'ai été interloqué quand j'ai vu le portail extérieur se fermer, aux alentours de… 21 heures.
– Et pourtant, vous ne vous êtes pas alarmé à ce moment précis ?
– Non, pas du tout. J'étais plus intéressé par la top model qui venait d'entrer dans la salle, honnêtement.
– Sophie Ciantinni ?
– Oui, Sophie.
– L'aviez-vous déjà vue avant cette soirée ?
– Négatif. La seule personne que je connaissais était mon ex-belle-sœur, Jenny Vargas.

– Avez-vous remarqué des comportements étranges de la part de Cynthia Vargas durant les jours qui ont précédé la soirée ?
– Hum… Rien de spécial. Elle criait beaucoup. Enfin, comme souvent, car je ne bossais pas et jouais des heures à la console. Hormis cela, non.

Deux coups à la porte interrompirent la garde à vue.

– Lieutenant !
– Oui ?! répondit Malherbes. J'espère que c'est urgent, je suis en plein interrogatoire !
– Il faut absolument que vous veniez voir ce qu'on vient de recevoir. Vous n'allez pas le croire.

***

Journal télévisé de 13 heures. Flash spécial La Soirée de la vérité.

« Il a tenu la France entière en haleine dans une prise d'otages filmée, puis s'est suicidé en plein direct. Le duc d'Oackland, qui était déclaré mort depuis plus de trois décennies, emporte à jamais dans sa tombe le mystère du manoir.
Les équipes du GIGN, après des heures de recherches minutieuses, ont fini par trouver le signal émetteur et identifier le lieu où l'émission de téléréalité sordide se déroulait. S'est ensuivi un assaut réussi de la part de nos forces de l'ordre, qui n'ont pas failli dans l'exercice de leur mission. Mais aujourd'hui, les autorités nous ont communiqué davantage de détails sur ce fameux jour où les otages ont été libérés puis placés en garde en vue. Cette affaire rocambolesque n'a pas fini de faire couler de l'encre !

Et, sans transition, la hausse des prix du baril et la flambée des tarifs à la pompe. Notre reporter s'est rendu dans le Loir-et-Cher pour un micro-trottoir. »

***

– En êtes-vous sûr, lieutenant ?
– Affirmatif. Si le Président valide, je n'ai pas d'objection.
– J'ai le Premier ministre sur l'autre ligne ! Ils sont d'accord pour aller jusqu'au bout. Avec les menaces d'attentat et le mouvement complotiste, ils ont peur que la population se rebelle si le gouvernement étouffe l'affaire. Ils nous ont autorisé à le faire.
– OK, approuva le lieutenant, pensif. Si l'on m'avait dit qu'un jour dans ma carrière je collaborerais avec la télévision… je n'y aurais pas cru ! Mais tout a commencé sur un écran et des milliers de personnes exigent des réponses…
– Oui, chef, les chaînes ont interrompu leurs programmes et attendent que nous leur donnions le feu vert.
– Lancez la vidéo.

***

Vidéo diffusée sur toutes les chaînes nationales françaises.

– Décalez-vous un peu vers la gauche. Voilà. Reculez légèrement… On y est. Faites un test, vérifiez bien le son, et surtout, enregistrez une copie, puis faites une sauvegarde.
– Tout est OK. Allez-y, ça tourne.
– Bonsoir à tous ! Vous devez certainement vous demander dans quel but j'ai mis tout cela en œuvre, et comment j'ai réussi. Comment *La Soirée de la vérité* a-t-elle pu ridiculiser

les autorités et fasciner la France entière ? Eh bien, laissez-moi me présenter et tout vous raconter depuis le début. Je m'appelle Bryan Oackland. Je suis né en Écosse, en 1944. Mon père, feu le duc d'Oackland, dont j'ai repris le titre, était riche et aimait voyager. Il était passionné par la France. Aussi, quelques années après la Seconde Guerre mondiale, il a décidé d'y acheter un manoir délabré, qui est devenu notre demeure familiale. Après la mort de ma mère, mon père, avec qui je n'avais que très peu de relations, m'a inscrit dans une école française. Je suis devenu bilingue très rapidement. Le temps a passé et, avec l'âge, j'ai appris que l'être humain n'est qu'un vil et perfide animal qu'il serait de bon ton d'éradiquer. Que ce soit dans la sphère privée ou professionnelle, je n'ai jamais vécu que déceptions et trahisons, dit-il en soulevant son bras, laissant son tatouage apparaître. Cela m'a conduit à éprouver une profonde misanthropie – comme mon père. Je n'aimais plus les gens. Je ne voulais plus les côtoyer, les saluer, jouer de l'hypocrisie mondaine telle qu'elle était de rigueur à cette époque. À ce moment précis, le destin m'a envoyé un cadeau tombé du ciel. Mon majordome venait d'apprendre que son plus jeune fils était décédé d'une maladie respiratoire. Fou de douleur, il s'est donné la mort le 23 décembre 1978, en se jetant dans la mer, à l'arrière du manoir, sans laisser un mot pour expliquer son geste. Ce jour-là, comme chaque matin, je m'apprêtais à effectuer ma natation quotidienne quand j'ai trouvé son corps. Ni une ni deux, j'ai décidé de prendre cela comme un signe. En quelques minutes, j'ai organisé ma propre mort : j'ai fait envoyer un pli à l'épouse du majordome, en imitant son écriture et disant qu'il souhaitait quitter le foyer pour s'exiler en Espagne et qu'il ne reviendrait pas. Nos corpulences étaient similaires et je savais que le temps que mes employés rentrent de leur congé de Noël quelques jours plus tard, le corps serait méconnaissable. J'avais officiellement disparu de la surface de la terre ! Mais il me restait à organiser ma nouvelle vie. J'ai fait appel à des contacts anonymes. Ils me fournissaient ce que je réclamais contre de l'argent. Mon compte français ne pouvait plus être touché, sinon je risquais d'être découvert. Je piochais donc dans les comptes offshore que je détenais dans des paradis fiscaux. Je n'étais pourtant pas loin. En effet, je me suis simplement retranché dans la ferme abandonnée qui se trouve à quelques kilomètres du manoir. J'ai payé pour que des documents officiels la déclarent non habitable et potentiellement minée. Ainsi, le terrain a été classé comme dangereux. Voilà pourquoi les gendarmes du GIGN mettront probablement du temps à intervenir… mais une fois que leurs investigations auront fait remonter ces documents à la surface, ils s'en serviront pour me localiser. Mais dans l'intervalle, cela m'aura fait gagner un temps fou.

Il s'arrête et sourit, fier de sa stratégie. Il se racle la gorge, avale une gorgée d'eau et reprend :

– Durant plusieurs mois, grâce aux personnes anonymes que je rémunérais au noir, j'ai pu entamer des travaux au manoir, ainsi qu'au sous-sol. Cette vie cachée me convenait, car je n'aimais que ma propre compagnie. Bref, venons-en au sujet principal : pourquoi cette « Soirée de la vérité » ? Et pourquoi ces quinze personnes, précisément ? Cette partie-là a été la plus longue et la plus fastidieuse à mettre en place. J'étais en colère contre la vie et contre l'Homme. Je ruminais sans cesse. Pourquoi m'avait-on fait autant de mal ? Plusieurs fois par jour, je sentais naître en moi une étincelle de folie. Je devais transmuter cela en quelque chose de concret, de palpable, qui marquerait le monde entier et la race humaine. En quelques clics, le Darknet m'a ouvert les portes de tous les possibles : j'ai pu connaître l'intimité de millions de personnes *via* leur téléphone, leur ordinateur, leurs applications mobiles, mais surtout faire en sorte que leurs vies se croisent et s'entrechoquent.

Trouver les participants a été le plus long. Il fallait que quelque chose les relie et que leur cupidité les amène jusqu'ici. De plus, je voulais qu'ils aient commis un délit spécifique chacun, pour que n'importe qui puisse se reconnaître en l'un d'eux et comprendre la leçon. Finalement, il y a un peu plus d'un mois, bingo ! La liste était complète. Nyls, le hacker, a été le dernier casté. C'est lui-même qui nous a renseignés sur Anne-Marie. Ironie du destin, n'est-ce pas ? mais j'ai été pris au dépourvu, donc j'ai lancé le jeu malgré tout. Finalement, cela a tourné en ma faveur, car le mélange de toutes les personnalités a ajouté du piment à la soirée.

Commençons par Léa, petite voleuse orpheline, qui a perdu son grand-père un an auparavant. Il ne nous a pas fallu longtemps pour remonter jusqu'au réseau d'arnaques en lignes de « brouteurs » dont faisait partie Nadia, laquelle escroquait des personnes âgées sur des applications de tchats. Elle avait vécu dans le village où Gunther faisait du recel de vaccins, au Sénégal. Ensuite, Marco était connecté à Jenny par le lien familial et l'adultère. C'est lui, le fiancé infidèle, qui n'était pas censé être de la partie, mais il s'est révélé être un excellent élément. Jenny, quant à elle, connaissait Sophie grâce aux shootings, et cette dernière achetait des pilules amincissantes à Romain pour les refiler à ses concurrentes et se garantir plus de castings. Romain croisait régulièrement Éric lors de soirées au casino, même s'ils ne se connaissaient pas. Ce dernier, un ripoux, s'est bien gardé, tout au long du jeu, de dévoiler son passé : il était flic et il faisait partie de ceux qui trafiquaient avec le mari de Carlota. Lorsqu'il est tombé après une bavure, il a retourné sa veste et a balancé ses ex-confrères. Carlota et lui ne le savent pas, mais ils se sont parlé au téléphone dans l'affaire concernant l'avocat maître Rivera, que Carlota voulait faire tomber. La belle brune est également en lien avec Anne-Marie. En effet, parmi les dossiers dont elle a fait une copie après avoir fouillé les archives de son ex-mari, se trouvait celui de la mère de famille. Elle savait pertinemment qui était Anne-Marie dès que la première vidéo a été projetée, mais elle s'est bien gardée d'en parler pour ne pas éveiller les soupçons sur elle et sur le fait qu'elle venait ici pour rencontrer un indic, en toute discrétion. Et c'est donc Nyls qui a retrouvé la trace d'Anne-Marie après son délit de fuite. Par ailleurs, celui-ci, qui comme vous le savez est un hacker, était régulièrement soudoyé par Pierre pour falsifier des signatures sur des contrats d'assurances-vie. Ils se sont rencontrés sur un forum privé de gens aisés ; Nyls était un peu le contact de référence dans le milieu de la petite délinquance. Il a très bien joué le jeu, il aurait pu être notre grand gagnant… Pierre appartenait au groupe SAUROR, qui autorisait moult crédits à la consommation, notamment aux clients de Lux'Auto, et principalement à ceux dont l'apport initial était très faible. Cela précipitait chaque année des centaines de ménages dans le surendettement. Il subtilisait également des sommes importantes sur les assurances-vie de personnes âgées et les reversait sur le compte de sa chère mère, Mme Germaine Medere, qu'il a finalement elle-même escroquée et qui ignorait les agissements de son fils. John avait vendu une voiture à Hélène, à un prix majoré de 2,5 %. Le concours de musique organisé par le conservatoire était le trait d'union entre Hélène et Annah. Enfin, Annah avait déposé une plainte pour vol, son sac ayant été subtilisé dans un centre commercial par Léa, qui avait été inculpée pour cela ; le délit figure toujours sur son casier judiciaire.

Pour m'aider dans cette grande imposture, il me fallait un homme de main. J'ai recruté Kévin. C'est lui qui s'est occupé de coordonner le jeu à l'insu de tous. Il a été mes yeux, mes jambes et mes oreilles tout du long, Kévin. Il n'a pas été difficile de l'embarquer à mes côtés, car il n'est ni plus ni moins que le fils de l'homme qui a été condamné à cause de Gunther. Lorsqu'une énième cargaison de vaccins a été volée, le responsable de l'association Ciel Afrique, le docteur bénévole Adam Marty, a été accusé de recel par le gouvernement sénégalais et détenu dans la pire prison du pays, dans des conditions atroces. Les autorités avaient besoin d'un coupable, et c'est Adam Marty qui leur avait été désigné par Gunther. Il a subi la torture ainsi que la privation d'eau et de nourriture. Quand je l'ai rencontré, Kévin essayait de faire libérer son père depuis des mois, sans succès. Il était très doué en informatique et avait contacté quelques personnes sur le Darknet, mais il n'avait pas les finances pour s'offrir leurs services. C'est à ce moment-là que je suis entré en jeu. Je lui ai promis de l'aider à venger son père en échange de son aide. Il a tout de suite accepté.

Maintenant que vous avez compris quelle grande toile relie tous nos participants, vous devez vous demander pourquoi j'ai voulu pousser mes rats de laboratoire à avouer leurs délits ? Eh bien parce que je crois quand même à la bonté humaine, au fond. Je veux pouvoir mourir en sachant que les actes d'un être humain ne suffisent pas à le définir et

qu'une rédemption est possible. Cette expérience m'a permis de constater que certaines personnes sont foncièrement mauvaises, d'autres simplement perdues ou cupides, et que d'autres encore ont un bon fond et sont capables de solidarité. Voilà pourquoi il était si important pour moi que la France entière puisse assister à cela et apprendre de cette expérience humaine sans précédent. Quel que soit le méfait commis – vol, recel, trafic de drogue, homicide –, chacun doit payer son dû. Je vais bientôt mourir, et je ne voulais pas partir sans laisser un legs à l'humanité. *La Soirée de la vérité* dissimule encore quelques secrets, que vous découvrirez peut-être… Il est possible que certains aient été inspirés et soient enclins à reproduire cet événement mais, entre nous, je pense que l'exploit est impossible.
Je suis ravi d'avoir partagé un bout de mon histoire avec vous. N'oubliez pas que dans la vie, l'honnêteté et la justice vous mèneront toujours sur le bon chemin. Au revoir. »

***

Le lieutenant avait regardé l'enregistrement à la télévision, comme tout le commissariat. Il éteignit brusquement l'écran :

– Je sais qu'il a expliqué le pourquoi du comment, mais quelque chose me chiffonne. J'ai le sentiment de ne pas avoir tout l'énoncé du sujet.
– Quelque chose vous a interpellé dans la vidéo ? demanda un sous-officier.
– Je ne saurais mettre le doigt dessus. Tout est logique mais, je ne sais pas, il manque un morceau du puzzle. Relancez la vidéo. Je veux trouver de quoi il s'agit.

Ce soir-là, le lieutenant Malherbes rentra chez lui autour de 4 heures du matin. Il gara sa voiture le long de l'allée, dans le petit quartier résidentiel où il vivait avec sa femme, Olivia, et leurs deux enfants. Comme à son habitude, celle-ci lui avait laissé les restes du dîner sur la table, avec un petit mot. Elle aussi avait regardé la vidéo des aveux d'Oackland, et il lui tardait de connaître les détails croustillants que le public ignorait.

– Bonsoir mon amour, dit-elle en se relevant du canapé où elle s'était endormie, un plaid sur les épaules.
– Bonsoir mon amour… Tu n'es pas au lit, à cette heure-ci ?
– Non, impossible de me résoudre à y aller, j'étais surexcitée par cette affaire. J'ai préféré t'attendre. Je t'ai laissé des lasagnes.
– Merci, souffla-t-il en l'enlaçant tendrement. Qu'est-ce que je ferais sans toi ?
– Oh, pas grand-chose, tu sais ce qu'on dit ! « Derrière chaque grand homme se cache une femme », balança-t-elle en le taquinant.

Le gendarme détacha sa ceinture porte-pistolet et s'attabla sans demander son reste, afin de remplir son estomac gargouillant. Il n'arrivait pas à libérer son cerveau de ce nuage, ce quelque chose qui en bloquait tous les rouages. Mais soudain, il se leva d'un bond, faisant sursauter Olivia, affalée sur l'accoudoir du canapé.

– Mais oui, bien sûr ! La dernière pièce du puzzle ! J'ai compris, Oli !
– Quoi ? Mais bon sang, ça ne va pas de bondir comme ça ? J'ai failli avoir une attaque !

– « Derrière chaque grand homme se cache une femme » ! Elle est là, la pièce manquante ! Oackland nous a laissé un dernier indice avant de partir. Je dois filer, lâcha-t-il en donnant à son épouse un rapide baiser sur le front.

***

Il était 5 h 11 du matin lorsque Malherbes entra dans l'appartement de Cynthia Vargas pour faire une perquisition, après s'être rendu chez le juge d'instruction afin d'obtenir un mandat. La jeune femme fut arrêtée. Elle détenait plus de cent kilos de cocaïne pure, non coupée, dissimulés dans le faux plafond de son appartement. Tandis que la police l'escortait et qu'elle se débattait, elle foudroya le lieutenant du regard et lui demanda :

– Comment avez-vous su ?
– Après avoir visionné le discours d'adieu d'Oackland plusieurs fois, je sentais que quelque chose m'échappait. Quand je suis rentré chez moi, ma femme m'a dit quelque chose qui m'a permis de synchroniser toutes les informations que mon inconscient détenait. Dans son discours, le duc a fait référence à plusieurs délits. Le vol concernait Léa, le recel Gunther, le chantage mortifère Nadia, et l'homicide involontaire Anne-Marie, mais aucun participant n'avait jamais avoué quoi que ce soit en lien avec la drogue. Deux choses me sont alors revenues en mémoire. D'une part, Oackland disait avoir été pris au dépourvu. Un des participants n'était pas supposé être là. Puis il exposait les connexions entre les différents participants : Léa et Nadia, Nadia et Gunther, Marco et Jenny, Jenny et Sophie, Sophie et Romain, etc. Les seuls à n'avoir aucun point d'accroche étaient Gunther et

Marco. Or, le plan machiavélique du duc était si parfaitement ficelé que j'ai compris que quelque chose clochait. C'est là que j'ai percuté. L'invitation n'était pas prévue pour Marco, il avait pris la place de sa compagne, et ce n'était qu'un heureux hasard pour les organisateurs s'il avait quelque chose à se reprocher avec la sœur de la véritable cible : Cynthia, sa fiancée. J'ai alors recherché ce qui pouvait mettre en lien Gunther et Cynthia, et j'ai découvert que ce dernier, en plus du recel de vaccins, était également impliqué dans un trafic de drogue à l'international, d'où la seringue dans sa boîte à indice, et surtout… les deux tickets dans celles de Marco et Jenny, pour la pièce de théâtre *Il Grande Tradimento*, qui était en fait un message destiné à Marco lui-même, et non aux participants. Le traître trahi à son tour.

Cynthia ne répondit pas et détourna la tête vers le policier qui la maintenait menottée, pour lui signaler qu'elle était prête à le suivre. Le sous-officier ayant assisté à la scène interpella son supérieur :

– C'est incroyable, lieutenant, vous êtes vraiment fantastique ! Comment la thèse du trafic de drogue a-t-elle pu être confirmée ?

– Durant sa déposition, son ex-petit ami m'a stipulé qu'elle étudiait la médecine et travaillait dans une boulangerie le week-end pour payer ses études. D'après lui, elle faisait également du bénévolat pour un orphelinat. J'ai trouvé qu'elle avait un profil très philanthropique, mais je n'ai pas relevé. Puis Marco a précisé que le carton d'invitation mentionnait un gala de charité au profit des enfants et qu'il était originellement destiné à sa partenaire. Je me suis alors demandé pourquoi cette si charmante jeune femme avait pu être envisagée pour se joindre à tous ces malfaiteurs. J'ai donc commencé à faire quelques recherches, et j'ai demandé à un gars de mon équipe de la pister. Lorsqu'il m'a assuré qu'elle ne se rendait jamais à la faculté de médecine et traversait souvent certains quartiers à risque, je me suis rendu compte qu'elle était simplement très douée pour se créer une couverture. Mais je n'avais pas encore compris à quel point.

– Vous pouvez être fier de vous, lieutenant !

– Concernant Mme Medere, la mère de Pierre, avez-vous pu lui annoncer que…

– Que son fils s'est suicidé depuis le ponton du manoir par culpabilité ? Non… Nous n'avons pas eu le temps. La vieille dame a fait une crise cardiaque devant sa télévision. Nous l'avons appris par son infirmière, qui sonnait à sa porte depuis deux jours, en vain.

– Quel gâchis… Ces deux-là auront vécu ensemble toute leur vie et seront morts le même jour, dans des conditions atroces.

– Je crois qu'elle n'est pas morte d'une crise cardiaque, lieutenant, mais de désespoir. Imaginez la douleur que peut ressentir une mère de voir son propre fils, à la télévision française, avouer avoir spolié des dizaines de personnes âgées, les privant de toutes leurs économies, et de surcroît en l'ayant rendue coupable de son crime ?

– Peut-être bien qu'Oackland avait raison, finalement. Pas sûr que l'être humain puisse être sauvé.

CHAPITRE FINAL

Le lieutenant finissait de taper son rapport, ainsi que les conclusions de l'enquête, destiné à ses archives personnelles, mais son esprit vagabondait. Quelque chose n'allait pas. Pourtant, il n'avait pas de problème majeur dans sa vie : sa femme était la personne la plus compréhensive au monde, ses enfants étaient en bonne santé, son travail sur l'affaire Oackland lui avait valu les honneurs et les félicitations de ses supérieurs, et même du Président en personne… Malgré tout, il ressentait cette petite gêne propre à son flair d'inspecteur, qui lui disait que quelque chose clochait. Il était 23 heures passées lorsqu'il décida d'en avoir le cœur net. L'explication ne pouvait pas être aussi simple. Il démarra sa voiture de fonction et démarra au quart de tour. En cette soirée d'hiver, les lumières des lampadaires luisaient tout le long de la chaussée et l'ambiance était glauque. Moins de trente minutes plus tard, Malherbes arriva devant le manoir d'Oackland. Le portail était désormais ouvert. Il prit soin d'éteindre ses phares et se gara derrière la bâtisse. Il ne savait pas exactement ce qu'il cherchait mais, tel un détecteur de métaux, quelque chose en lui s'emballait, il sentait qu'il approchait. Il arracha les bandes jaunes qui barraient l'entrée, enjamba les barrières, sortit son jeu de clefs passe-partout, et en un *clic*, passa la grande porte. À l'intérieur, tout était resté à l'identique. Il s'avança vers la bibliothèque. D'un naturel curieux, il se décida à lire la biographie du maître des lieux. Peut-être cela l'aiderait-il à en savoir plus sur le personnage. Pourquoi mettre autant d'énergie dans un projet aussi spectaculaire pour ensuite se donner la mort en plein direct ?

Quelque chose clochait.

Il passa ses mains le long de l'étagère supérieure de la bibliothèque : outre les livres trônaient des bougies fondues, des poupées russes, des médailles de course de natation épinglées dans des cadres. Il trouva la biographie du duc d'Oackland, et en feuilleta le contenu, désireux de glaner la moindre information au sujet du créateur de *La Soirée de la vérité* : il s'attarda sur les récits d'anecdotes de son enfance, entrecoupés de photos noircies. Il s'installa sur le grand canapé molletonné et parcourut le livre avec attention. Soudain, son regard s'arrêta sur une page, et il comprit. Son esprit carburait à mille à l'heure. Il était désormais convaincu de comprendre le « quoi », mais n'avait pas encore résolu le « comment ». Il décida de sortir du manoir et d'explorer les jardins. Tout était parti d'un endroit précis. Il atteignit le front de mer et aperçut le ponton. Il prit conscience qu'il était passé à côté de la question la plus importante. Si Oackland n'était pas mort comme il l'avait fait croire durant des années… le corps retrouvé près du manoir était-il, en revanche, *vraiment* celui du majordome ? Soudain, il éprouva une sensation de danger. Il se trouvait là, à quelques mètres d'un lieu inquiétant, seul, en pleine nuit, sans l'ombre d'une explication sur un meurtre vieux de plusieurs décennies. *Connaissant Oackland et compte tenu de la stratégie morbide et sadique qu'il a utilisée pour cette téléréalité, la mort de l'homme repêché ne peut pas avoir été un accident. Le duc affirme que son majordome s'est suicidé, mais… Quelles sont les chances que ce soit réellement le cas ?* songea-t-il.

L'enquêteur balança un coup de pied furieux dans un tas de feuilles mortes. Son cerveau tournait et analysait toutes les théories possibles, mais rien ne remontait à la surface. Lorsque, soudain, il vit au loin une lumière vacillante s'approcher du ponton. C'est à ce moment précis qu'il emboîta la dernière pièce du puzzle.

Le lieutenant attrapa son talkie-walkie et demanda qu'on dépêche une équipe d'intervention en urgence, bien qu'il ait conscience qu'il devrait agir seul, cette fois-ci. Il demanda à ses agents de rester devant le manoir et d'attendre trente minutes avant d'entrer en action. Il voulait pouvoir mener cette arrestation à sa manière. La lueur valdinguait, bercée par le roulis des vagues, et une lanterne descendit de la petite embarcation. Malherbes s'était caché de façon que l'intéressé ne le voie pas, afin de s'assurer que sa théorie n'était pas fausse. Il n'en revenait pas. S'il visait juste, ce serait du jamais vu. Les pas de l'ombre se dirigeaient vers lui, avançant doucement. Le crépitement des feuilles qui se brisaient sur son passage annonçait son approche.

L'agent tendit l'oreille et laissa la silhouette passer devant lui, sans bouger. C'était celle d'un homme ; il marchait péniblement et ses cheveux, dans lesquels se reflétaient les rayons de la lune, couraient jusqu'au bas de son cou.

Malherbes n'hésita plus. Il voulait connaître la vérité sur cet énigmatique manoir.

– OACKLAND ! hurla-t-il en direction du mystérieux inconnu, qui tressauta et tomba à la renverse.

Le lieutenant s'approcha du vieil homme et sortit son insigne.

– Bryan Oackland, vous êtes en état d'arrestation pour homicide, séquestration et mise en danger d'autrui.

Le vieil homme releva son buste et épousseta son pantalon à carreaux écossais.

– Comment avez-vous su ? demanda-t-il, les yeux embués de larmes.
– Je crois qu'au fond vous aviez envie que l'on sache, répondit le lieutenant, attendri par la scène.
– Peut-être bien… admit vaguement le duc. Vous êtes très fort. Je ne pensais pas que l'on me retrouverait un jour. Comment avez-vous réussi ?
– Vous savez, c'est mon instinct de flic qui ne m'a pas laissé clore cette enquête, comme j'aurais pu le faire… Je n'arrivais pas à accepter l'idée que votre majordome se soit donné la mort et que, comme par hasard, vous ayez décidé de préparer votre disparition le même jour. La suspicion a commencé par ce début d'explication foireux, puis je me suis décidé à venir sur place, pour m'imprégner du lieu, de votre énergie, de votre personnalité. J'ai étudié vos photos, observé votre décoration, lu la biographie de votre père. Dans cette dernière, il y a des clichés de vous enfant. Vous étiez blond. Or, le faux Oackland que vous nous avez servi

en pâture le soir de l'émission était roux. Vous pensiez nous berner ainsi, que nous croirions davantage à la nationalité écossaise avec un acteur roux ?

Le vieil homme étouffa un rire amer.

– Absolument pas. Cela est, je dois le dire, un pur concours de circonstances. D'accord, vous avez remarqué un changement de couleur de cheveux, mais j'aurais tout aussi bien pu porter une perruque, ou me faire teindre. Comment avez-vous compris que j'étais encore vivant ?
– Je l'ignorais, jusqu'à ce que je voie arriver cette embarcation. Mais je savais que le manoir d'Oackland ne nous avait pas révélé tous ses secrets : les poupées russes disposées sur les étagères de votre bibliothèque m'ont intrigué.

De nouveau, le duc éclata de rire. On pouvait presque lire la fierté qu'il ressentait face à ce jeune lieutenant qui l'avait percé à jour.

– Bravo… Oui, les poupées russes. C'est un symbole que j'ai toujours chéri : les apparences sont trompeuses. On ne connaît jamais réellement les personnes qu'on aime ou qu'on fréquente… Nos amants, nos voisins… En chacun se cache une double identité, qui peut parfois ne jamais être mise en lumière.
– Lorsque j'ai vu le bateau arriver, j'ai compris : une poupée à l'intérieur de la poupée, qui elle-même en dissimule une autre, etc. Vous avez fait croire à votre mort en décembre 1978, et vous venez de tenter une nouvelle fois ce coup de poker ! Qui aurait pu imaginer que le même homme puisse simuler sa propre disparition à deux reprises ? Personne.

C'était du génie ! Mais c'était sans compter mon souci du détail. Le tatouage de l'homme qui a pris votre place le soir de l'émission était récent. L'encre était encore très noire, et cela ne collait pas avec la chronologie de votre histoire.
– Quelle perspicacité ! répondit le duc en se relevant.
– Je vous déconseille de tenter de vous enfuir, prévint le lieutenant, l'œil sévère.
– Oh, ne vous inquiétez pas, je ne compte aller nulle part. Accompagnez-moi à l'intérieur, que je puisse dire au revoir à mon manoir et y boire un dernier thé…

Le vieil homme marcha tranquillement et respira à pleins poumons les odeurs émanant des jardins. Il remonta l'allée caillouteuse en prenant son temps et passa la porte du manoir en laissant une larme couler le long de sa joue. Il bifurqua dans l'aile ouest et, à l'aide de son jeu de clefs, ouvrit une porte qui laissa entrevoir une grande bibliothèque ainsi qu'une petite cuisinière a gaz. Il remplit la théière et fit chauffer l'eau puis, lentement, déposa le sachet de *breakfast tea* dans sa tasse.

– Asseyez-vous, je vous en prie, proposa-t-il à l'enquêteur. Je n'ai plus beaucoup de temps. Je vais tout vous raconter. Que voulez-vous savoir ?
– Que s'est-il réellement passé, cette nuit du 23 décembre 1978 ?

Le duc s'installa sur son rocking-chair et éclaircit sa voix :

– Pour comprendre cela, il faut avoir connaissance de ce qui s'est produit juste avant. Comme vous le savez, ma famille est native d'Écosse. Nous avons émigré après la Seconde

Guerre mondiale, dans un pays, la France, en pleine reconstruction où l'argent était facile et l'industrie à son apogée durant les Trente Glorieuses. Bon nombre d'Écossais ont fait de même, pour tenter de s'enrichir. Mon père avait eu pitié d'une famille immigrée qui s'était installée ici, mais qui ne gagnait pas d'argent. Il avait embauché le père pour la tonte et l'entretien des jardins. Je me suis rapidement lié d'amitié avec le fils de ce dernier, Murray, qui avait quelques années de moins que moi. Nous avons grandi ensemble, et c'est tout naturellement que, lorsque son père est parti à la retraite, il l'a remplacé. Après le décès de mon père, rien n'a bougé durant de longues années.

– Jusqu'à ce soir du 23 décembre ?

– Tout a commencé la veille. Murray était effondré, car il venait d'apprendre que son tout premier fils était né avec une pathologie très grave, qui demanderait énormément de soins et de temps tout au long de son existence. Il tournait en rond, se demandait comment il allait payer les frais médicaux, et comment il s'en sortirait si sa femme était un jour malade à son tour. Il était bouleversé. C'est dans cet état qu'il est parti à la chasse au sanglier pour le grand repas annuel de Noël que j'organisais au manoir chaque 24 décembre, veille du départ en congé du personnel. Son esprit étant ailleurs, il a malheureusement tiré sur un agriculteur présent sur mes terres.

– Ah, souffla Malherbes. C'est la raison pour laquelle les employés ont été renvoyés chez eux plus tôt ! Vous avez tenté de garder le moins de témoins possible pendant que vous étiez en train de gérer cette crise.

– Vous avez tout saisi. Son enfant malade, sa femme en état de choc, je ne pouvais pas le laisser tomber pour ce qui était, somme toute, un accident. Je lui ai demandé de

ramener le corps discrètement, et nous avons fait partir tous les employés au préalable, en leur expliquant que je leur offrais deux jours de repos supplémentaires. Personne n'a pipé mot. Tous étaient heureux de retrouver leur famille.
– Donc, si je comprends bien, vous avez jeté le corps de ce malheureux agriculteur à la mer pour masquer les preuves, en espérant qu'il ne soit pas retrouvé ?
– Exactement. Les plombs n'avaient fait qu'effleurer la carotide, et il n'y avait aucun trou qui aurait pu attester qu'il avait été victime d'un tir. Je connaissais la puissance de la mer, et je savais que le corps serait rendu méconnaissable en très peu de temps. Il suffisait que je l'habille avec mes vêtements et que je lui passe ma chevalière au doigt, et le tour était joué : tout le monde penserait que c'était moi.
– Aucune autopsie n'a été demandée ? s'inquiéta le lieutenant.
– Non, aucune. En 1978, la médecine n'était pas ce qu'elle est aujourd'hui. Et puis, les autorités sont parties sur la théorie du vieux garçon solitaire qui a voulu mettre fin à ses jours. Elles n'ont pas enquêté bien longtemps.
– Laissez-moi résumer : votre ami et majordome, Murray, a tué un homme par inadvertance, et vous avez décidé de le couvrir. En moins de vingt-quatre heures, vous avez fabriqué votre propre mort pour qu'il puisse continuer de s'occuper de sa femme et de son fils malade ?

Oackland acquiesça d'un signe de la tête. Le lieutenant fronça les sourcils :

– Il y a deux choses que je ne comprends pas. Pourquoi avoir pris son identité et sa place et vous être imposé ça ? Et pourquoi ne pas avoir avoué la vérité dans votre vidéo d'aveux ?

Le frémissement de la théière fit sursauter Malherbes, qui était pendu aux lèvres du duc. Il se leva et lui servit l'eau brûlante pour qu'il n'ait pas à interrompre son récit.

– Je vous remercie, lui dit-il en soulevant la tasse de thé. Alors… pourquoi ai-je pris sa place de suspect ? Eh bien, j'étais certes riche, mais très seul. Aucun enfant à chérir, aucune femme à aimer. Je faisais preuve d'une misanthropie à peine déguisée, héritée de mon père… Lorsque ce drame est survenu, j'ai compris que c'était l'occasion de faire quelque chose de juste. Je n'ai pas réfléchi, tout est allé très vite.
– Qu'est-il advenu de Murray ?
– Il est parti travailler dans une usine, à une centaine de kilomètres d'ici. Il s'est occupé de son fils, qui n'a vécu qu'une vingtaine d'années, en tout et pour tout.
– Pourquoi ne pas avoir parlé de lui ? Il y avait prescription. Aviez-vous peur qu'il ne soit retrouvé et mis en prison ?
– Murray m'a réconcilié avec l'être humain. C'est un homme qui a fait des erreurs, à qui j'ai tendu la main et qui m'a rendu cela au quintuple. Cela lui a coûté la vie…
– Mais oui… Bien sûr ! hurla le lieutenant plus fort qu'il ne l'aurait souhaité, ravi d'avoir éclairci les dernières zones d'ombre. C'est Murray qui a pris votre place le soir de l'émission ?!

Le duc tourna la tête, et son regard ému se voila. Malherbes attendit que l'émotion sur son visage se dissipe pour reprendre son interrogatoire :

– Pourquoi a-t-il mis fin à ses jours ?
– Quand je l'ai contacté pour m'aider à organiser cette mise en scène, nous savions tous les deux qu'il m'était redevable.

Il ne pouvait pas refuser. Sa femme était contre, mais elle savait que, sans mon aide, son mari aurait passé la majeure partie de sa vie en prison. Murray m'avait assuré qu'il le ferait, que je pouvais tout diriger de loin et qu'il serait le duc d'Oackland pour une nuit. Je lui ai donc fait faire le même tatouage que moi, puis il a enregistré la vidéo des aveux. Ainsi, je pouvais mettre mon plan à exécution sans montrer mon vrai visage. Nous étions convenus qu'à la toute fin de la soirée, je l'aiderais à trouver refuge sur une île, avec sa femme. Tout était prêt, mais j'ai péché, par ego.

– Vous ne pensiez pas être localisé si tôt ?

– Exactement. Le direct durait vingt-quatre heures. Nous avions prévu des brouilleurs intraçables. Il aurait dû falloir des jours et des jours pour les détecter, mais c'était compter sans…

– Le flair de l'enquêteur chargé de l'affaire…

– Tout à fait ! C'est-à-dire vous, répondit le duc en souriant, sans rancune. Nous avions étudié toutes les failles techniques qui auraient pu nous faire repérer : les passages où les invités mentionnaient le duc d'Oackland étaient censurés, tout comme chaque mot-clef pouvant indiquer où se tenait cette *La Soirée de la vérité*. Nous avions estimé que nous divulguerions le pot aux roses lors de la cérémonie de clôture, qui devait durer moins de trente minutes. Vous n'ignorez pas qu'il existe un « *live* décalé » depuis les attentats à la télévision : par précaution, les images en direct sont retardées de quelques minutes. Donc, la diffusion était en direct, mais décalée, nous aurions dû être sur le coup du départ lorsque…

– … lorsque nous aurions eu connaissance du premier élément de localisation ! termina le lieutenant, fasciné. Le plan était presque parfait. Pourquoi Murray s'est-il donné la mort, à votre avis ?

Le duc prit une grande respiration ; ses vieilles mains tremblaient.

– Il n'a jamais supporté d'avoir ôté la vie à cet agriculteur. Chaque année, il prenait la veuve et ses quatre enfants et les emmenait en vacances avec sa femme et son fils. Cette culpabilité qu'il a tenté de masquer ne s'est jamais évaporée. Je pense qu'il voulait se rendre utile. En me laissant m'enfuir libre, il avait certainement l'impression de payer une partie de sa dette…

La théière se mit à siffler fortement et son couvercle se mit à tressauter tandis qu'un grand bruit sourd se fit entendre du côté du grand hall d'entrée du manoir.

– C'est l'heure ! dit le vieil homme à mi-voix en se levant de son rocking-chair et en reposant sa tasse vide.

L'escadron PX7 entra dans la bibliothèque au moment où il coupait le gaz du petit réchaud. Les hommes se jetèrent sur lui et le menottèrent tout en le tenant en joue. Le duc se tourna vers Malherbes et lui souffla :

– Vous savez, lieutenant, la vie est comme une pièce de théâtre. Il faut savoir jouer le jeu et faire tomber les masques. Parfois, les pires sont ceux qui dansent avec vous.

Achevé d'imprimer en février 2024
sur les presses de la Nouvelle Imprimerie Laballery
58500 Clamecy
Dépôt légal : février 2024
N° d'impression : 402419

Imprimé en France